Collection dirigée
par Stefan Peltier

Pour être tenu régulièrement informé de nos publications,
il suffit de nous faire parvenir vos nom et adresse à :
H&O éditions
20, rue Georges Clemenceau
34290 Montblanc

Princes
charmés

Titre original :
Fairy Tales : Traditional Stories Retold for Gay Men
Editeur original : HarperCollins

ISBN 2-84547-000-2

Peter Cashorali

Princes charmés

traduit de l'américain par Valérie Leclercq

H&O ÉDITIONS

Avant-propos

Raconter une histoire est un acte de création sacré. Les contes d'un peuple font transparaître la sagesse accumulée de centaines d'individus, parfois des millénaires d'expérience partagée, les conflits inhérents et les valeurs propres à toute culture, une interprétation de la nature humaine et de la place que nous occupons dans l'univers. Quand c'est moi qui raconte une histoire, j'accomplis un acte d'amour qui vous rapproche de moi car je partage avec vous ce qui m'est le plus cher, et je vous guide grâce à un savoir glané au fil d'une vie grisante, déchirante et déroutante. Des générations de femmes se sont transmis des contes, pour se rappeler qui elles sont, ce qui leur importe et la voix de la sagesse, de même que les hommes, depuis la naissance du langage, se les transmettent pour expliquer le monde et ce qui fait leur nature masculine. Raconter une histoire est un acte qui exprime le caractère d'un peuple, en même temps qu'il crée la communauté dont il est précisément issu. C'est un acte de création sacré.

C'est un art, et entre tous les arts, celui du conte populaire tient une place particulière chez les amoureux du langage, car, comme l'ont découvert bien des écrivains, psychologues, anthropologues ou linguistes, il se distingue des autres genres narratifs. Personnages bien précis et figures universelles s'y mêlent. Ses intrigues abondent en événements a priori ordinaires qui nous font dire : « Tiens, ça m'est arrivé à moi aussi ». Ses répétitions et ses méandres nous donnent une impression mêlée de familiarité et d'étrangeté, de bien-être et d'interrogation, bref : d'entre deux. Alors que la fiction, au sens général du terme, tend à raconter l'histoire d'un individu particulier pour en toucher un grand nombre et que les Saintes Écritures d'une culture essaient de toucher l'individu en racontant une histoire universelle, le conte se situe entre les deux et remplit ces deux fonctions. Voilà pourquoi celui qui a la faculté d'appréhender les histoires propres à une culture et de les conter en leur rendant justice mérite bien le titre d'artiste.

Dire un conte est un art naturel, mais l'écrire est un acte d'interprétation. Le conte populaire suscitant un intérêt grandissant en Europe, certains auteurs ont créé des catalogues littéraires regroupant ceux de leur pays, et l'art véritable de la narration orale s'est mué en papillon épinglé sur une page et conservé sous verre. Ce qui jadis était libre, éphémère et vivant s'est retrouvé prisonnier, beau mais sans vie. Il fallait donc des artistes encore plus grands pour redonner vie à cette matière et traduire la voix vivante en de véritables contes qui s'imprimeraient dans l'esprit du lecteur et demeureraient à son oreille. Charles Perrault, les frères Grimm, Hans Christian Andersen, Italo Calvino, tous ces interprètes ont réussi à le faire et méritent amplement leur renommée.

Avec *Princes charmés* Peter Cashorali perpétue une longue lignée de conteurs. Durant des années, avant d'écrire ce livre, il s'est livré à l'acte sacré de raconter les histoires qui y figurent, exprimant de vive voix devant un public nombreux la vérité de sa communauté, ma communauté. Les gays ont besoin d'entendre la grande sagesse véhiculée par ces contes et, si les leçons que tirent leurs héros à la faveur de leurs rencontres avec des sorcières éblouissantes, des ogres sadiques, des animaux intelligents, des frères méchants et des objets magiques sont des leçons destinées à tout un chacun, elles le sont plus particulièrement aux hommes de la communauté gay. Ayez confiance en vous. Ne basez pas votre vie sur des choses superficielles. Aidez les autres quand vous le pouvez. Ne refusez pas votre destin. Tout le monde vieillit. Personne n'échappe à la mort. Et par dessus tout : aimez. Aimez et faites-le selon votre cœur, car l'amour vrai et profond n'est jamais négatif.

Avec un grand talent, Peter Cashorali a créé une série de contes qui, comme les autres, mettent en scène le particulier et l'universel, et il l'a fait par le biais de l'interprétation, ce qui est indispensable dans ce type d'ouvrage. Ainsi, dans ces histoires, les hommes qui aiment les hommes sont ce qu'ils sont : Robert et sa grand-mère pleine de sagesse ; Raiponce et son amour doux amer pour l'âme perdue qu'est Sean ; Jeffrey et son Chien Botté magique. Tous incarnent le Monsieur Tout le Monde de tous les contes : celui que des parents égoïstes chassent de la maison et qui doit retrouver seul le chemin du foyer, celui qui cherche le compagnon idéal dans une quête remplie d'aventures et de chagrins, celui qui, par accident, rencontre un jour une personne ou une chose qui transforme sa vie pour toujours. Grâce à un brillant travail d'interprétation, Peter Cashorali a transposé ces contes intemporels dans le milieu gay contemporain, c'est-à-dire notre monde mythique de boutiques et de cafés, de jeunes gens sans le sou et de riches gays très en vue, de coiffeurs et de moniteurs de musculation, de dîners et d'appartements décorés, de papas gâteaux et d'habitués des lieux de drague, d'actifs bestiaux et de passifs soumis. Et, ce faisant, il a rendu ces contes familiers absolument et incroyablement personnels. Quel gay lira *Le vilain petit canard* sans ressentir la douleur de grandir en étant différent des autres ? Qui peut, depuis l'apparition du sida, lire *Le filleul et la mort* sans souhaiter ce que nous avons souhaité si souvent, c'est-à-dire tromper la mort, rien qu'une fois, et nous accrocher à un être aimé ? Combien de gays liront *L'homme qui aimait un pigeon* et pourront affirmer sans mentir n'avoir jamais souhaité en secret que d'autres leur envient un bel amant ?

Lecteur, c'est l'aventure qui t'attend au coin de ces contes, les contes de ta vie et de la mienne. Ne me laisse pas te retarder plus longtemps, car je ne suis qu'un simple héraut, et va ton chemin. Mais auparavant, je te donnerai un humble et sincère conseil. Ne lis pas ce qui va suivre avec tes yeux, mais avec ton cœur, puisque ce sont avant tout des histoires qui parlent du cœur, et puisses-tu y trouver le tien – et l'histoire de ton prince charmé. Assez, maintenant. Lis…

Robert H. Hopcke

La Clef d'Or

Il était une fois, par delà les montagnes, à la lisière de la Forêt Sans Fin, un garçon qui vivait dans une chaumière avec sa mère, son père et ses frères et sœurs. C'était l'hiver, l'hiver le plus froid qu'avait jamais vu le garçon, le plus froid jamais vu dans cette contrée connue pour la froideur de ses hivers, et ce garçon n'avait pas de bois pour se chauffer. Il y en avait pour ses frères, qui ressembleraient à leur père lorsqu'ils seraient grands et pour ses sœurs, qui ressembleraient à leur mère lorsqu'elles seraient grandes. Mais pour ce garçon, qui ne ressemblerait à personne lorsqu'il serait grand, il n'y en avait pas.

Un matin, le garçon s'éveilla avant l'aube. La nuit avait été plus froide encore que les précédentes et une couche de givre recouvrait ses couvertures. Le garçon décida d'aller ramasser du bois pour ne plus passer de pareille nuit. Il se vêtit et quitta la chaumière quand tous dormaient encore, tirant son traîneau derrière lui par les champs enneigés puis sous les premiers arbres de la forêt. Tout était gelé et silencieux et, comme l'hiver était si rude, on ne trouvait pas beaucoup de bois. Le garçon s'aventura plus loin dans la sylve, ramassant quelques brindilles par-ci, une pomme de pin par-là, une branche même parfois, et, peu à peu, il emplit son traîneau.

Quand il eut assez de bois, il avait si froid et avait marché si longtemps qu'il décida d'allumer un feu sur place. Il balayait la neige quand soudain le soleil, qui s'était levé entre temps, fit briller quelque chose à ses pieds. Le garçon vit qu'il s'agissait d'une clef, une clef d'or qu'il ramassa vivement. Il la lança en l'air et la rattrapa.

– Elle est à moi, dit-il en riant.

Et la clef se mit à étinceler au soleil, comme si elle riait avec lui.

Au bout d'un moment, il se dit que là où se trouvait une clef se trouvait forcément une serrure à ouvrir. Il balaya la neige tout autour de lui, puis, ne trouvant rien, entreprit de creuser le sol. Oh, comme la terre était dure, plus dure que la pierre, plus dure que l'acier, alors que le garçon ne disposait pour creuser d'autres outils que ses mains. Il creusa très longtemps et, dès qu'il se sentait fatigué ou découragé, il tirait la clef de sa poche, contemplait la promesse qu'elle contenait et reprenait son labeur, ragaillardi.

Enfin, il découvrit un petit coffre en fer qu'il tira de l'étreinte glacée du sol. Il le tourna entre ses mains, cherchant une serrure a priori inexistante. Mais le garçon était patient et finit par la trouver, si minuscule qu'il ne l'avait d'abord pas vue. Il y introduisit la clef et la fit tourner. À présent, il nous faut attendre qu'il finisse d'ouvrir son coffre et en soulève le couvercle pour savoir quelles merveilles il recèle et à quel point ces merveilles ont changé sa vie.

Le Vampire

Il était une fois, dans une petite ville, pas très loin d'ici, une tradition qui voulait que jeunes gens et jeunes filles célèbrent Pâques par six nuits de fête. Les nuits se réchauffaient et ces jeunes gens étaient à l'âge où ils étaient libérés des restrictions de l'enfance et pas encore contraints au mariage et à la procréation. Cette période était courte et on les encourageait à en profiter tant qu'elle durait.

Un jeune homme assistait à une de ces fêtes. Il y avait de bonnes choses à manger, de la musique, des jeunes filles à qui parler et avec lesquelles flirter, mais il se sentait impatient et insatisfait. Dehors, le sol s'attendrissait pour accueillir le printemps et le jeune homme, qui se prénommait Robert, sentait que lui aussi s'attendrissait et se préparait à quelque chose, mais il ne comprenait pas quoi.

Un homme que nul ne sembla reconnaître arriva à la fête. Il était beau avec ses yeux brillants et ses vêtements à la dernière mode. Il fut vite évident que ce séduisant étranger savait exactement quoi dire pour charmer tout le monde. Il dansa avec toutes les jeunes filles, qui finirent par ne plus vouloir danser avec d'autres. De plus, son rire donnait envie à quiconque l'entendait de rire aussi. Toute la soirée, il bavarda, dansa et côtoya tout un chacun, mais sans jamais perdre Robert de vue.

À minuit, le séduisant étranger annonça qu'il était temps pour lui de partir. Chacun protesta que la nuit ne faisait que commencer, mais l'étranger ne se laissa pas persuader de rester plus longtemps. Il se tourna vers Robert et dit :

– Peut-être Robert me raccompagnera-t-il jusque la porte ?

Robert se sentit brusquement intimidé, mais son meilleur ami lui dit en aparté :

– Où est le problème ? Il est sympa. Raccompagne-le !

Si bien que Robert accepta.

Il restèrent sous le ciel nocturne à discuter un moment, l'étranger juste à l'extérieur de la maison, Robert juste à l'intérieur.

– Tu aimerais l'endroit où je vis, dit l'étranger.

– D'où viens-tu ? demanda Robert, sentant que l'étranger avait raison.

L'étranger regarda la maison où dansaient les jeunes gens et jeunes filles.

– Je ne suis pas d'ici, fit-il.

Au même instant, un nuage passa devant la lune et quand il eût disparu, l'étranger avait fait de même. Robert sortit dans la rue, mais, aussi loin qu'il pouvait voir, elle était parfaitement vide.

La nuit suivante, une autre fête avait lieu dans une autre maison. Les jeunes filles riaient, les jeunes gens se vantaient, mais tout cela semblait ennuyeux à Robert et il se demandait si quelqu'un avait pensé à donner l'adresse au séduisant étranger. Puis, l'étranger arriva. Il dansa avec les jeunes filles, rit avec les jeunes gens, mais sans cesser de regarder Robert toute la soirée.

Quand minuit sonna, il lui demanda de le raccompagner jusque la porte, ce que Robert fit avec joie. Ils restèrent à discuter un moment, l'étranger juste à l'extérieur, Robert juste à l'intérieur.

La musique provenant de la maison semblait insignifiante dans l'air de la nuit et l'étranger dit :

– Il y a d'autres endroits où aller.

Et Robert, qui l'avait toujours espéré, demanda :

– Où ?

– Tu t'y plairas, promit l'étranger.

Au même instant, un papillon de nuit frôla le visage de Robert, qui cligna des yeux. Quand il les rouvrit, l'étranger avait disparu. Il courut au coin de la rue et scruta le boulevard, mais il n'y avait personne.

Robert voulut découvrir où était allé l'étranger. Il se demanda si ses parents sauraient comment y parvenir, mais il avait récemment remarqué que les mystères les laissaient aussi perplexes que tous les autres gens. Puis il pensa à sa grand-mère, qui était très âgée, et résolut de lui poser la question.

Le lendemain, il traversa la ville jusqu'à son appartement. Elle était dans le salon, entourée de statues de saints et de bougies qui brûlaient dans des verres rouges. Il s'assit sur le sofa et demanda :

– Mamie, comment savoir où va une personne qui disparaît trop vite pour que je puisse la voir ?

– Pourquoi veux-tu le savoir ? s'enquit-elle.

Il insista :

– S'il te plaît, Mamie, il faut que je sache !

Elle prit une bobine de fil dans son panier à couture.

– Prends ceci et fais une boucle à une extrémité du fil. Glisse la boucle autour d'un bouton de vêtement de cette personne, laisse la bobine se dévider et suis le fil.

Robert remercia sa grand-mère et partit. Ce soir-là, il emporta la bobine de fil à la fête. Il y avait de la musique, des rires et, dans les recoins, jeunes gens et jeunes filles échafaudaient secrètement des plans de mariage pour l'été. Robert attendait. Le séduisant étranger finit par arriver et fut entraîné au centre de la pièce où il se mit à conter des histoires qui firent oublier à tous de bavarder. Mais il ne cessa pas de regarder Robert de toute la soirée et Robert ne cessa pas de le regarder.

Quand vint le moment pour l'étranger de partir, Robert se tenait à côté de lui.

– Laisse-moi te raccompagner jusque la porte, dit-il, et l'étranger lui sourit.

Ils quittèrent la fête et restèrent un moment à discuter, l'étranger juste à l'extérieur, Robert juste à l'intérieur.

– Bientôt, dit l'étranger.

Et Robert, qui le pressentait, demanda :

– Mais quand ?

– Très bientôt, répondit l'étranger avec un sourire, et Robert glissa la boucle de fil autour d'un bouton de sa chemise.

Au même instant, la brise fit tomber une poussière dans l'œil de Robert et quand il l'eût retirée, l'étranger avait disparu. Mais la bobine de fil se mit à danser dans sa main en se dévidant, puis bondit dans la rue et fila. Quand Robert réussit à s'en saisir à nouveau, elle était immobile. Il commença à suivre le fil en le rembobinant.

Le fil l'entraîna loin de chez ses amis, par des rues et d'étroits passages entre des immeubles et, bientôt, Robert sortit des quartiers où il avait passé sa vie. Il suivit le fil dans des squares, des recoins déserts, des ruelles, des zones d'entrepôts et de bâtiments abandonnés. Finalement, Robert escalada un mur par-dessus lequel passait le fil et se retrouva dans un cimetière au bout duquel s'élevait une petite église. Le fil continuait entre les tombes, jusqu'à un vitrail situé sur un côté de l'église. Le vitrail représentait Saint Pierre tenant les clefs du paradis et, là où aurait dû se situer son œil droit, manquait un minuscule éclat de verre. Le fil disparaissait par ce trou.

Robert avança parmi les pierres tombales et se hissa jusqu'au rebord de pierre sous le vitrail. Il colla son œil au trou dans l'œil du saint et regarda à l'intérieur. Il y avait eu des funérailles ce jour-là et le cercueil se trouvait encore sur l'autel. Il était ouvert et, penché par-dessus, se nourrissant du cadavre avec le plus grand plaisir, se tenait un vampire.

Robert avait entendu parler de vampires toute sa vie, mais c'était la première fois qu'il en voyait un. De peur et de dégoût, il poussa un « Pouah » et le vampire se redressa. C'était le séduisant étranger. Il regarda par le trou dans l'œil de Saint Pierre, vit Robert, et sur son visage se peignit une expression de bonheur et de bienvenue si intense que Robert eut un instant envie de l'enlacer. Puis il se souvint de ce qu'il avait vu, sauta à terre et courut hors du cimetière, terrorisé à l'idée d'entendre les pas de l'étranger derrière lui. Mais personne ne le suivit et il regagna la maison de ses parents sans encombre.

Il resta dans sa chambre toute la journée mais quand vint le soir, même ses parents insistèrent pour qu'il se rende à la fête.

– Tu es jeune, il faut aller aux fêtes, lui dit son père, et sa mère ajouta :

– Si tu n'y vas pas, tu le regretteras toute ta vie.

Robert sortit.

Tous ses amis étaient là et l'étranger diabolique arriva en dernier. Il dansa, raconta des histoires, fit rire tout le monde, sans cesser de regarder Robert. Quand le moment de partir fut venu pour lui, il demanda :

– Robert me raccompagnera-t-il jusque la porte ?

Robert ne voulait pas, mais son meilleur ami l'entraîna à l'écart et lui dit :

– Tu te conduis comme un bébé. Vas-y.

Du coup, Robert accepta. Ils partirent, et le vampire se posta juste à l'extérieur et Robert juste à l'intérieur. L'étranger demanda :

– Étais-tu à l'église la nuit dernière ?

– Non, répondit Robert.

– As-tu vu ce que je faisais ? demanda l'étranger.

Robert répondit « Non », en fermant les yeux et en secouant la tête.

– Parfait, fit l'étranger. Demain, ta mère mourra.

Et il disparut.

Robert rentra chez lui. Sa mère était dans la cuisine et essuyait une dernière assiette en fredonnant un extrait d'une chanson à la mode quand elle était jeune. En le voyant, son visage s'emplit de tristesse et elle se mit à pleurer.

– Je ne comprends pas, sanglota-t-elle, nous avons fait tout ce que nous pouvions pour toi. Quelle erreur avons-nous commise ?

Robert ne sut que répondre. Sa mère lâcha l'assiette qui se brisa dans l'évier, puis sortit en courant de la cuisine. Le lendemain matin, elle était morte.

Toute la journée, Robert demeura aux côtés de sa mère, à la pleurer. Mais quand vint le soir, son père lui dit sur un ton qui ne souffrait aucun refus :

– Va à la fête.

Robert sortit donc.

Bientôt, l'étranger diabolique arriva, la pièce s'emplit de rires, le volume de la musique augmenta et l'étranger ne cessa de regarder Robert. Quand le moment de partir fut venu pour lui, il demanda :

– Peut-être, Robert me raccompagnera-t-il jusque la porte ?

Robert ne voulait pas, mais son meilleur ami lui dit en aparté :

– Tu dois y aller.

– Pourquoi ? rétorqua Robert, mais son ami ne savait pas et se contenta de le pousser vers la sortie.

Ils partirent. L'étranger se posta juste à l'extérieur et Robert juste à l'intérieur.

– Étais-tu à l'église l'autre soir ? interrogea l'étranger.

– Non, répondit Robert sans le regarder.

– As-tu vu ce que je faisais ? insista l'étranger.

Mais Robert secoua la tête.

– Très bien, reprit l'homme. Demain, ton père mourra.

Puis il disparut.

Robert rentra chez lui où son père lisait le journal. En voyant Robert, son visage devint gris de dégoût.

– Tu n'es plus mon fils, rugit-il. Disparais de ma vue, tu m'écœures.

Robert ne sut que répondre. Au matin, son père était mort.

Il pleura la perte de ses parents toute la journée, mais le soir venu, il eut peur de rester seul et se vêtit pour se rendre à la fête. Il essaya de se joindre à ses amis, mais leurs histoires lui semblaient aussi dénuées de sens que s'ils parlaient une autre langue, et aucune jeune fille ne voulut danser avec lui. L'étranger diabolique arriva. Très vite, les convives tourbillonnèrent dans toute la maison, riant aux éclats. L'homme ne cessa de regarder Robert et, lorsqu'il fut temps pour lui de partir, il demanda :

– Peut-être Robert me raccompagnera-t-il jusque la porte ?

– Non, répondit ce dernier.

Mais son meilleur ami, qui venait de se fiancer, se mit à rire avec sa promise et ils le poussèrent vers la porte. Il partit avec l'étranger, celui-ci se posta juste à l'extérieur et Robert juste à l'intérieur.

– Étais-tu à l'église l'autre soir ? interrogea l'étranger.

– Non, murmura Robert.

– As-tu vu ce que je faisais ?

– Non.

– Réfléchis, Robert. En es-tu certain ?

– Oui.

– Parfait, soupira l'étranger. Demain, c'est toi qui mourra.

Et il disparut.

Robert ne savait pas où aller. Puis il se souvint de sa grand-mère et traversa la ville pour se rendre chez elle.

Il était tard lorsqu'il y parvint, mais sa grand-mère était si âgée qu'elle ne dormait plus et elle le fit entrer dans son salon. Ils prirent place parmi les statues de saints et les bougies qui brûlaient dans leurs verres rouges, et Robert raconta ce qui lui était arrivé.

– Et maintenant, je vais mourir, Mamie, dit-il. Que dois-je faire ?

Sa grand-mère lui tapota la jambe.

– Il va te falloir mourir, lui dit-elle. Il n'y a pas d'autre solution. Écoute-moi : quand tu seras mort, il ne faudra pas qu'on t'enterre au cimetière. Il faudra qu'on t'enterre à un carrefour. Et lorsqu'on viendra te chercher, il ne faudra pas te faire sortir par le seuil de la maison. Ordonne qu'on creuse un trou sous le perron pour te faire passer par-là.

– Je ne comprends pas, Mamie, dit-il tristement.

– Tu es un bon garçon, répondit-elle en l'embrassant sur le front. Dors ici cette nuit.

Au matin, Robert acheta un cercueil et l'emporta chez lui. Il écrivit ses instructions pour ses funérailles en suivant les recommandations de sa grand-mère, et laissa de l'argent avec sa lettre. Puis il monta dans le cercueil, s'y allongea et mourut.

Les employés des pompes funèbres eurent bien du mal à creuser un trou sous le seuil de la maison, ainsi qu'à obtenir l'accord des autorités de la ville pour enterrer Robert à un carrefour, mais comme celui-ci avait laissé beaucoup d'argent, il fut fait selon ses désirs.

Comme c'était un carrefour, beaucoup de gens le traversaient quotidiennement, dans toutes les directions. Un jour, un jeune homme et son serviteur passèrent par là. Le jeune homme remarqua une fleur qui poussait au point d'intersection des rues. Il faut dire que ce jeune homme, qui s'appelait Richard, aimait les fleurs et n'en avait jamais vu de semblable. Il dit à son serviteur :

– Va me cueillir cette fleur, je la veux.

Le serviteur rit et répondit :

– Vous feriez mieux d'aller la cueillir vous-même.

Richard alla donc cueillir la fleur. Quand il fut tout près, il la trouva si belle qu'il la déracina très soigneusement, l'emporta chez lui et la mit en pot. Richard avait la main verte, et la fleur s'épanouit grâce à ses soins. Il l'avait placée sur le rebord de la fenêtre, où elle recevait toute la lumière nécessaire. Il l'arrosait régulièrement et ôtait la poussière de ses feuilles à l'aide d'un chiffon humide.

Un matin, Richard remarqua qu'il manquait de la nourriture dans la cuisine. Il n'en pensa d'abord rien, mais comme la chose se reproduisit plusieurs jours d'affilée, il demanda à son serviteur s'il prenait de la nourriture.

– Pourquoi volerais-je de la nourriture en pleine nuit ? rétorqua le serviteur. Il y a quelqu'un d'autre ici. Vous feriez mieux d'ouvrir l'œil.

Richard résolut de veiller la nuit suivante afin de voir qui venait voler la nourriture chez lui.

Quand vint le soir, Richard et le serviteur se cachèrent derrière une chaise d'où ils pouvaient observer la fenêtre. La lune se leva. Lorsque son éclat toucha le rebord de la fenêtre, la fleur trembla, tomba de sa tige et flotta jusqu'au sol. En touchant terre, elle se changea en Robert, qui alla tranquillement à la cuisine se chercher à manger. Richard se dit que c'était la personne la plus charmante qu'il avait jamais vue.

– Jetez la plante, murmura le serviteur et Richard se précipita à la fenêtre, sortit la plante de son pot et la jeta aussi loin qu'il put dans la nuit.

Robert acheva de manger. Il revint à la fenêtre sur la pointe des pieds et ne sut que faire en constatant la disparition de la plante. Avant qu'il ait pu y réfléchir, Richard l'enlaça et lui dit :

– Je t'ai arrosé et soigné. Tu as mangé ma nourriture. Reste ici avec moi car je t'aime.

Robert, encore envahi de sommeil à cause du temps passé sous la forme d'une fleur, s'éveilla tout à fait et répondit :

– D'accord, je veux bien rester avec toi.

Ils vécurent donc ensemble et leur bonheur fut total pendant un temps. Un matin, ils partirent en promenade, sans faire attention au chemin emprunté, et leurs pas les conduisirent à une petite église.

– Viens, dit Richard, allons voir à l'intérieur.

Ils se dirigèrent tous deux vers la porte et, soudain, Robert s'immobilisa. Là, assis sur le rebord de pierre, sous le vitrail représentant Saint Pierre avec les clefs du paradis, se tenait l'étranger diabolique. Celui-ci vit immédiatement Robert et scruta son visage. Richard ne vit rien et entra, mais la porte se referma sur lui et, quand Robert tenta de l'ouvrir, elle était verrouillée. Il fit alors demi-tour et s'enfuit sous le regard de l'homme.

Robert se rendit chez sa grand-mère. Elle ne sembla pas surprise de le voir. Elle le fit entrer dans son salon et ils prirent place parmi les statues de saints et les bougies qui brûlaient dans leurs verres rouges.

– Mamie, marmonna Robert. Que faire ? Je ne sais pas comment me débarrasser de cet homme.

Sa grand-mère lui sourit et lui tapota la jambe.

– Je ne peux pas te le dire, répondit-elle.

Robert retourna à l'église. L'étranger diabolique le vit et, comme Robert se dirigeait vers la porte, il sauta du rebord de pierre et avança d'un pas rapide.

– Étais-tu à l'église ce soir-là ? interrogea-t-il.

– Non, répondit Robert en essayant de passer.

– Oh, Robert, fit l'étranger en secouant la tête. Parfait. Demain, Richard mourra.

– Non, cria Robert, sachant bien que ce « non » aurait fort peu d'effet sur l'étranger.

Alors, avant de le laisser disparaître, Robert le ceintura.

– J'étais à l'église ! J'ai vu ce que tu faisais ! cria-t-il aussi fort qu'il put.

L'étranger mit ses bras autour de Robert, l'étreignant si fort que celui-ci ne put se dégager, malgré tous ses efforts.

– Alors, dis-moi, lui murmura l'étranger à l'oreille. Qui suis-je ?

Robert rejeta la tête en arrière et scruta le visage de l'étranger dont les traits lui devinrent peu à peu familiers.

– Tu es moi, dit-il.

– Oh, merci, dit en riant l'étranger, qui n'en était plus un.

Il embrassa Robert sur la bouche, puis se volatilisa, si bien que celui-ci se retrouva à s'auto-étreindre. Robert courut à la porte de l'église, qu'il trouva ouverte.

Il y avait eu un baptême ce jour-là et les fonts baptismaux étaient encore pleins d'eau. Richard se tenait à côté et parlait à deux personnes. Quand Robert s'avança, il reconnut ses parents et, malgré sa joie de les revoir, se sentit gêné et ne sut que leur dire. Toutefois, il prit Richard par la main.

Sa mère demanda :

– Robert, es-tu heureux ainsi ?

Robert regarda Richard qui lui souriait.

– Oui, répondit-il.

Son père dit :

– Alors, ce jeune homme est sûrement mon gendre.

Robert rendit son sourire à Richard.

– Oui, confirma-t-il.

Et depuis ce jour, Robert et Richard ne connurent plus ni le malheur, ni la séparation, et vécurent toujours heureux.

Le Roi Bec-Croisé

Il était une fois un jeune homme appelé Christopher. Il avait un nez parfait, un sourire ravageur et des cheveux si blonds et ondulés qu'on aurait dit les rayons du soleil sur l'océan. C'était le plus beau garçon du village et certains villageois qui avaient un peu parcouru la Terre juraient que c'était le plus beau garçon de tous les villages du monde. Christopher devait en convenir : il était indubitablement renversant, et les soupirs que poussaient les jeunes filles sur son passage étaient en quelque sorte son hymne. Il faut d'ailleurs dire que de nombreux jeunes hommes soupiraient également sur son passage. Et, bien qu'il n'aimât pas le reconnaître – d'ailleurs il ne le fit jamais – ces soupirs-là lui étaient les plus doux à l'oreille. Si Christopher se refusait à l'admettre, il ne voyait pas non plus de raison pour laisser quiconque le lui dire, et quand cela se produisait, il se servait de ses poings pour changer de sujet. Il se servait également de ses poings pour décourager tout prétendant désireux de dépasser le stade des soupirs. C'était une position difficile, mais néanmoins la seule qui lui parût confortable et Christopher était bien déterminé à la défendre. Il se bagarrait souvent.

Un roi puissant eut vent du beau Christopher et, un jour, on frappa à sa porte. C'était le roi, venu vérifier si la rumeur disait vrai.

– Christopher, lui dit le roi en le gratifiant d'un sourire aussi étincelant qu'un trésor royal. J'irai droit au but. Je cherche un compagnon et je suis persuadé que tu es celui-là. Quitte ce village et viens chez moi. Nous nous ferons une vie que les autres ne mènent qu'en rêve.

C'était lui aussi un bel homme, et d'une distinction qui surpassait sa beauté, et d'une jovialité qui surpassait sa distinction.

Mais loin de se pâmer, Christopher devint blême, puis rouge, puis vert, qu'un homme ose lui faire une telle proposition. Et ceci, bien évidemment, sur le seuil de sa maison, à portée des oreilles de n'importe quel passant. Il ne pouvait cependant pas suivre sa première impulsion en assommant le roi, et, comme il n'avait jamais connu la nécessité d'une seconde impulsion, il ne savait pas comment réagir.

Au même instant, un petit oiseau rouge voleta sous les pins de la cour. C'était ce petit oiseau connu sous le nom de bec-croisé et qui se nourrit des graines de pommes de pin. Précisons que les pommes de pin étant très difficiles à ouvrir, ce volatile a développé un bec adapté à cette activité, la partie supérieure incurvée dans un sens et la partie inférieure dans l'autre. Christopher désigna l'oiseau.

– C'est vous, grogna-t-il. Le roi Bec-Croisé.

Il signifiait par là que le bec de l'oiseau n'était pas droit et qu'il en allait de même pour le roi. Sur ce, il claqua la porte.

Le roi resta sur le seuil de la maison de Christopher, à observer l'oiseau auquel on venait de le comparer tandis que de son bec crochu celui-ci épépinait une pomme de pin. Il dit alors à la porte close :

– Très bien, Christopher.

Et il s'en alla.

Ce fut le moment que choisirent les parents de Christopher – il vivait encore chez eux – pour mettre leur chaumière en vente et prendre leur retraite sous des cieux plus cléments.

– Nous ne pourrons ni t'emmener avec nous ni continuer à t'entretenir, lui dirent-ils. Par conséquent, nous avons décidé de te placer en apprentissage auprès de la première personne qui saura t'apprendre un métier.

Un mendiant qui arrivait à leur porte les entendit.

– Pourquoi ne pas me le confier ? suggéra-t-il.

Ses vêtements étaient en haillons, mais il avait l'air de posséder en esprit la richesse qui manquait à sa garde-robe.

– Mon métier est un métier fort ancien et honorable, qui prospère indépendamment de la conjoncture économique. Si on y réfléchit bien, peu de mendiants deviennent avocats ou courtiers en bourse, mais beaucoup d'avocats et de courtiers en bourses deviennent mendiants.

Ces propos parurent sensés aux parents de Christopher, qui s'étaient un peu lassés de la vanité de leur fils et de ses bagarres incessantes. Ils se dirent que gueuser un moment lui ferait le plus grand bien, et le confièrent donc au mendiant avec leur bénédiction, puis vendirent leur chaumière et partirent.

Christopher n'était pas très heureux de la tournure des événements, mais qu'y pouvait-il ? Le travail ne courait pas les rues et le mendiant le nourrirait certainement. Il suivit l'homme, et ils se mirent en chemin. Arrivés à un carrefour, le mendiant se tourna vers lui et dit :

– Bien, Christopher. Voyons un peu comment tu mendies. Oh ! mais j'oubliais, il faut d'abord te donner l'air d'un mendiant.

Il fit allonger Christopher et le roula dans la poussière pour rendre ses vêtements dégoûtants et sa blondeur invisible. Puis il se dissimula derrière un buisson d'anis.

La première personne à passer sur la route fut le meilleur ami de Christopher.

– Jim, dit-il en se postant devant celui-ci avec aplomb, Jimmy, mon ami, j'ai été embauché comme mendiant. N'aurais-tu pas une petite pièce en trop pour moi ?

Mais à son grand étonnement, son ami ne lui donna rien d'autre qu'un froncement de sourcil peu amène et passa son chemin.

La seconde personne fut une jeune fille dont les soupirs à l'égard de Christopher avaient toujours été parmi les plus profonds et les plus sincères.

– Debbie, fit-il en y mettant tout le charme du monde, je commence une palpitante carrière de mendiant. Une petite pièce pour me porter chance ?

Debbie se contenta de froncer le nez comme s'il flottait une déplaisante odeur et poursuivit son chemin.

La troisième personne fut un jeune homme qui, non content de soupirer après Christopher, lui avait un jour proposé un rendez-vous galant. N'étant point roi, il s'était fait assommer en guise de réponse.

– Alex, dit humblement Christopher. Je suis mendiant, maintenant. Aurais-tu une petite pièce ?

Sans être franchement ravi de le voir, Alex ne lui en voulait pas non plus. Il sortit une pièce de sa poche et la lui donna.

– Bonne chance, dit-il en partant.

Le mendiant sortit de derrière son buisson d'anis.

– Une petite pièce en une matinée, observa-t-il en s'emparant de la picaille, qu'il mit dans sa poche. Pas très impressionnant. La mendicité excède peut-être tes capacités.

Ils se mirent en route vers la maison du mendiant et marchèrent longtemps, très longtemps.

En chemin, ils traversèrent une orangeraie. Christopher, n'ayant jamais vu d'aussi splendides oranges, s'enquit :

– À qui appartient cette orangeraie ?

– Elle appartient au roi Bec-Croisé, répondit tout haut le mendiant en accélérant l'allure. Cette orangeraie, la suivante et celle d'après.

Christopher marcha plus vite pour le suivre.

Au bout d'un moment, ils traversèrent une ville prospère. Christopher n'ayant jamais vu de maisons si confortables et aussi bien entretenues, s'enquit :

– À qui appartient cette ville ?

– Elle appartient au roi Bec-Croisé, cria le mendiant en se mettant à courir. Cette ville, la suivante et celle d'après.

Christopher se mit lui aussi à courir pour ne pas se laisser distancer.

Ils parvinrent à la lisière d'une forêt qui s'étendait d'un bout à l'autre du monde. Christopher, n'ayant jamais beaucoup aimé les forêts, s'enquit :

– À qui appartient cette forêt ?

– Elle appartient au roi Bec-Croisé, hurla le mendiant. Et si cette forêt a une fin, personne ne l'a jamais vue !

Sur ce, il saisit Christopher par le bras et s'engouffra dans la forêt comme le vent du nord en retard à un rendez-vous.

Christopher fut entraîné toujours plus profondément dans la forêt. Quand le mendiant le lâcha enfin, ils se tenaient devant une cabane abandonnée parmi les arbres. La mousse en recouvrait les murs, des champignons vénéneux poussaient sur le toit, et il n'y avait pas de vitres aux fenêtres, rien que des toiles d'araignée.

– À qui appartient cette cabane ? s'enquit Christopher d'une voix morose car il avait déjà deviné la réponse.

– Oh, c'est la mienne, répondit le mendiant. Et la tienne aussi, désormais.

– Est-ce que nous mangerons bientôt ? demanda Christopher en le suivant à l'intérieur.

– Manger ? fit le mendiant en riant. Avec la petite pièce que tu as gagnée ? Non, mon ami, tu as du travail à faire.

Il alluma un bout de chandelle. Christopher vit que la cabane était pleine de fleurs qui trempaient par brassées entières dans des seaux de plastique blanc. Il y avait là tout ce qui pousse dans les jardins, les champs ou au bord des routes.

– Puisque tu n'arrives pas à mendier, reprit le mendiant, tu vas t'essayer à l'art floral. Ainsi, tu pourras vendre quelque chose au marché.

– L'art floral ? grogna Christopher. Je ne crois pas, non. J'irai couper du bois, chasser, n'importe quoi, mais l'art floral, c'est efféminé.

– Efféminé ! cria le mendiant d'une voix terrible qui fit trembler les murs.

Il retroussa sa manche et lui montra son biceps droit, lequel était conséquent.

– Tu trouves que c'est efféminé ça ?

Puis il envoya un coup de poing dans les dents de Christopher, le projetant à l'autre bout de la pièce.

– Maintenant, au travail, rugit le mendiant. Et tu as intérêt à me faire des bouquets raffinés, élégants et tout à fait exquis.

Puis il donna à Christopher une multitude de minuscules paniers d'osier en forme de petits lapins et de canetons pour y placer les fleurs. Sans plus regimber, Christopher s'attela à la tâche du mieux qu'il put.

Le lendemain matin, il fut expédié au marché, muni de ses arrangements floraux. Il avait honte de les vendre et ne fit pas recette. En fait, il n'en vendit qu'un, à un riche gentilhomme d'âge mûr qui ne se décida que lorsque Christopher, désespéré, lui sourit et engagea la conversation. La journée passa ainsi, et, quand le marché toucha à sa fin, Christopher commença à remballer sa marchandise. Survint alors un homme portant un casque et une chemise de travail sale. Il était saoul, très costaud et, quand il vit ce que vendait Christopher, il zézaya :

– Un fleuriste ! C'est pas la chose la plus mignonne au monde, ça ?

Il éclata d'un rire tonitruant, comme s'il venait de lancer un bon mot, puis il jeta au sol tous les paniers de fleurs et les piétina.

Christopher tenta de l'arrêter, mais il était si découragé que l'homme le souleva de terre, le projeta à plusieurs mètres et le roua de coups. Il rentra en boitillant à la cabane du mendiant, sans fleurs, et avec en poche le produit d'une unique vente.

– Les fleurs, c'est un peu trop difficile pour toi, fit remarquer le mendiant. Mais ne te laisse pas abattre. Tu seras heureux d'apprendre que je t'ai trouvé un emploi au château du roi. Femme de ménage.

Christopher était trop fatigué et contrarié pour demander s'il n'y aurait pas moyen d'être garde ou garçon d'écurie à la place. Il se traîna dans un coin et s'endormit immédiatement.

Au matin, il se présenta au château. On lui fit frotter les sols et, le château étant gigantesque, il y avait beaucoup de sols à frotter. Les autres femmes de ménage étaient toutes grandes, solides, et avaient la cinquantaine. Elles furent indignées de trouver Christopher parmi elles.

– Tu n'as pas honte ? demandèrent-elles en l'encerclant, les poings fermement posés sur leurs hanches généreuses. Un grand gaillard comme toi, faire un travail de femme. Pourquoi ne fais-tu pas un métier incombant à ton sexe ?

Elles renversèrent son seau, répandirent de la poussière là où il venait de finir de nettoyer et, de manière générale, se montrèrent assez mauvaises collègues. La seule personne à lui témoigner un peu de gentillesse fut le chef pâtissier, qui le prit en amitié et lui apporta des petits fours et une tasse de cappuccino à la pause café. Il l'encouragea.

– Ne les laisse pas te voler dans les plumes, dit-il à Christopher. Si tu veux être femme de ménage, mon chou, alors continue. Ou lavandière. Ou laitière. Vas-y.

Christopher lui fut reconnaissant de sa gentillesse.

Et grâce aux encouragements du chef pâtissier, Christopher persévéra. Il travaillait dur chaque jour, récurant le sol des pièces où les femmes de ménage ne se trouvaient pas. Le soir, il prenait ses gages, les restes de nourriture qu'on lui donnait et les emportait à la cabane du mendiant. Il ne pouvait s'empêcher de se faire des reproches.

– Quel imbécile j'ai été de rejeter le roi Bec-Croisé, se lamentait-il en traversant la forêt. Aujourd'hui, j'habiterais un château au lieu de le nettoyer, et le soir, je retrouverais quelqu'un qui m'aime, au lieu de ce mendiant qui ne dit jamais rien d'agréable.

Mais il n'y pouvait rien.

Un matin, en arrivant au château, on informa Christopher qu'un grand bal aurait lieu le soir même. Et comme on avait besoin des femmes de ménage ailleurs, il devrait à lui seul faire briller le sol de marbre noir et blanc de la grande salle de réception tout entière. Il se mit au travail sur-le-champ, mais la pièce était si vaste qu'il lui sembla que jamais il ne réussirait à la nettoyer complètement. Le chef pâtissier, occupé aux cuisines, ne put venir lui porter à manger et bavarder, si bien que Christopher perdit tout à fait la notion du temps. Quand enfin il eut terminé de frotter la dernière dalle de marbre du dernier recoin, les chandeliers s'illuminèrent subitement, les grandes portes doubles s'ouvrirent en grand et les invités commencèrent à faire leur entrée.

Des belles femmes vêtues de robes scintillantes avançaient bras dessus, bras dessous, et de beaux messieurs en smokings se saluaient en s'embrassant ; de belles femmes en smokings se saluaient en s'embrassant et de beaux messieurs vêtus de robes scintillantes avançaient bras dessus, bras dessous. Chacun était aux anges de voir les autres, et des rires ravis s'élevaient et retombaient sans cesse. Les musiciens jouaient, et l'on distribuait de hautes flûtes de champagne. Christopher se tenait dans son coin, observant tout cela et mourant d'envie de s'y joindre. À sa grande tristesse, il reconnut Alex – celui-là même qu'il avait assommé et qui lui avait donné une piécette quand il mendiait ; Alex qui, semblait-il, était un invité d'honneur, et que chacun embrassait ou prenait dans ses bras. Alors, le roi fit son entrée.

Et s'il était beau avec sa couronne d'or, son costume de soie et de velours, sa distinction surpassait sa beauté, et sa jovialité surpassait sa distinction. Christopher lui donna son cœur à la seconde.

– Je donnerais n'importe quoi pour être l'hôte de ce roi, fit-il dans un murmure désespéré.

Il se tourna alors vers lui et vit que ce roi n'était autre que le roi Bec-Croisé. Oh, comme il aurait voulu soulever une dalle de marbre noir et disparaître sous elle avec ses haillons, ses cheveux couverts de poussière et ses mains abîmées ! Mais trop tard, le roi Bec-Croisé l'avait vu et traversait la salle à grandes enjambées, les bras ouverts et le sourire aux lèvres.

– N'aie pas peur, dit-il en prenant les mains de Christopher dans les siennes. Je suis le mendiant à qui l'on t'a confié. Je suis l'homme qui t'a acheté des fleurs et l'ouvrier du bâtiment qui les a piétinées. Le suis le chef pâtissier qui t'a encouragé quand personne d'autre n'avait de mots aimables pour toi. J'ai fait cela parce que je t'aime et parce que j'ai vu qu'il te fallait beaucoup apprendre pour te révéler à toi-même.

Christopher n'arrivait pas à le regarder en face.

– J'ai été lâche et esclave de ma peur toute ma vie, dit-il à voix basse. Je ne mérite peut-être rien d'autre qu'une cabane dans la forêt.

– Cher ami, dit le roi Bec-Croisé en riant. On t'a confié à moi pour apprendre, et ton instruction ne fait que commencer.

Puis il le guida au milieu de la salle pour lui présenter les autres invités.

Le Beau & la Bête

Il était une fois un marchand très riche et par conséquent très respecté qui avait trois fils. L'aîné ne s'intéressait qu'au pouvoir et voulait gouverner le monde. Le second, amoureux de la brutalité, n'était heureux que lorsqu'il détruisait quelque chose ou quelqu'un, de préférence de ses propres mains. Ils s'appelaient Bradley et Brian et rendaient leur père on ne peut plus fier. Le plus jeune était totalement différent. Il ne semblait pas très énergique, faisait toujours ce qu'on lui disait de faire et portait un intérêt gênant aux fleurs, lesquelles n'entraient pas du tout dans l'activité du marchand. Il se nommait Buddy, mais étant beaucoup plus beau que ne le sont les garçons en général – même son père en convenait – tout le monde le nommait le Beau, et ce n'était pas un compliment.

Un jour, le marchand appela ses trois fils.

– Mes enfants, annonça-t-il, je dois m'absenter deux ou trois jours pour affaires et je veux que vous veilliez sur mon entreprise pendant ce temps. Que voulez-vous que je vous ramène ?

– Un revolver dans un étui de velours, répondit Bradley.

– Des gants de boxe en chevreau lestés chacun de deux kilos et demi de plomb, dit Brian.

– Très bien, mes enfants, approuva le marchand. Et toi, le Beau ?

Le Beau haussa les épaules.

– Je ne sais pas. Une fleur, peut-être, si tu en trouves une intéressante.

C'était ce qu'il demandait invariablement, bien que son père ne lui en eût jamais ramené jusque-là.

– Hmmff, fit le marchand, comme à l'accoutumée.

Il jeta sa serviette à l'arrière de sa voiture et démarra. Dès qu'il fut parti, Bradley et Brian se rendirent dans son bureau.

Brian força le tiroir où le marchand rangeait ses papiers personnels et Bradley se mit à les étudier avec avidité.

– C'est un travail d'homme, dirent-ils au Beau. Va nous faire du café.

Et comme le Beau ne désirait rien tant qu'être accepté par ses frères, il obéit.

Quelques jours passèrent. Le marchand conclut des accords rentables et prit la route du retour. Il avait le revolver de Bradley et les gants de boxes de Brian, mais ne ramenait rien pour le Beau, n'ayant pas vu de fleurs dans les salles de réunions, à part quelques philodendrons. Le marchand arriva sur une route dont il ne se souvenait pas, mais qui semblait être un raccourci. « Le temps, c'est de l'argent, non ? » se dit-il. Il emprunta donc cette route. Il y eut un virage, puis un autre, et bientôt le marchand se retrouva dans des canyons bordés de pins. Il conduisit toute la journée, sans voir une seule voiture, une seule maison, ni un seul coureur à pied. Le soir tomba, et il dut ralentir car la route n'était pas éclairée. Soudain, les phares s'éteignirent et la voiture s'arrêta. Il essaya son portable, mais celui-ci ne marchait plus non plus. Il poussa un juron pour s'encourager, ferma la voiture à clef et se mit en marche.

Il marcha, encore et encore et, quand il se sentit incapable de mettre un pied devant l'autre, même au péril de sa vie, ou de supporter l'idée de faire demi-tour, il vit de la lumière. Il se dirigea vers elle et parvint rapidement devant une résidence. Il avança jusqu'à la porte, qui n'était pas verrouillée, entra dans le hall et fit :

– Bonsoir.

Mais il ne vit ni agent de sécurité, ni réceptionniste, ni gérant. Il n'y avait rien, à part un ascenseur. Le marchand regarda à l'intérieur. Il n'était muni que de deux boutons, l'un marqué « Hall » et l'autre « Appartement-terrasse ». Il pressa ce dernier. Les portes se fermèrent et il monta.

Quand les portes s'ouvrirent, le marchand entra dans l'appartement-terrasse le plus grand et le plus luxueux qu'il avait jamais vu. Il trouva les meubles beaux sans être ostentatoires puis, d'un œil exercé, évalua les antiquités et les tableaux suspendus aux murs et fut absolument stupéfait de constater l'absence totale de système de sécurité.

– Hou, hou, fit-il. Il y a quelqu'un ?

Mais il semblait bien que non. Il renifla alors l'air et se laissa guider par son nez jusqu'à une table dressée pour le dîner. Il souleva le couvercle des plats et fut abasourdi de découvrir que quelqu'un ici aimait les mêmes choses que lui. « Bon, se dit-il, un petit quelque chose à manger ne me fera pas de mal ».

Il prit donc place en bout de table et se servit un peu de ceci et de cela. Il mangea tant et si bien qu'il ne put bientôt avaler une bouchée de plus, mais continua encore un peu car ç'aurait été un péché de gaspiller cette bonne nourriture.

Quand il eut enfin terminé, il se leva. Il ne vit de téléphone nulle part et ne s'étonna pas vraiment puisque l'appartement était éclairé par une myriade de chandelles. Il retourna à l'ascenseur, mais les portes s'étaient refermées et malgré ses efforts, il ne parvint pas à trouver de bouton d'appel. « Quelqu'un viendra tôt ou tard, se raisonna-t-il. Le mieux à faire, c'est de m'installer confortablement. » Un bon feu ronronnait dans la cheminée et un canapé de cuir bien rembourré était placé devant.

– Parfait, dit le marchand en testant son assise.

Et en un rien de temps, il s'endormit.

Il s'éveilla le lendemain matin. Il ne restait que des braises et on l'avait couvert d'un plaid de fourrure.

– Hou, hou. Il y a quelqu'un ? appela-t-il.

Mais il semblait que non. Toutefois, sur la table où il avait dîné la veille, trônait un petit déjeuner et, oui, quand il vérifia, le marchand trouva exactement tout ce qu'il aimait.

– Après la journée d'hier, dit-il en s'asseyant, un petit déjeuner ne peut pas me faire de mal.

Il mangea au point qu'il crut éclater puis, comme tant de gens ne mangeaient pas à leur faim de par le monde, il mangea encore un tout petit peu. Au moment où il terminait sa dernière tasse de café, les portes de l'ascenseur s'ouvrirent.

Personne ne s'y trouvait. Ne pouvant passer le reste de sa vie dans l'appartement-terrasse, le marchand enfila sa veste et se dirigea vers l'ascenseur. Juste avant d'y entrer, il remarqua une chose qu'il n'avait pas vue la veille. À côté de l'appareil, se trouvait une petite table laquée, sur laquelle reposait un vase, dans lequel était une orchidée. Ses pétales étaient noirs et bleus et son parfum lourd et suave indifférent au marchand. Il se rappela cependant la requête de son fils le Beau. « Qui est-ce que cela gênera ? » se demanda-t-il, et, ne trouvant pas de réponse, il prit la fleur et la mit dans sa poche.

Il devait tout de même y avoir un système de sécurité car la sirène d'une alarme se fit entendre subitement, semblable au rugissement d'un animal furieux. Une porte s'ouvrit à toute volée et un être gigantesque entra lourdement dans la pièce. Le marchand fut saisi par le revers de sa veste et projeté contre le mur.

– Si ce n'est pas mignon, ça ! gronda l'être gigantesque. Je te donne à manger, un bon feu, un abri, et tu me prouves ta gratitude en me détroussant. Je vais t'inscrire à un petit séminaire où j'enseigne l'art des bonnes manières.

L'être gigantesque ne portait qu'un assemblage de lanières de cuir et d'anneaux de métal. N'ayant vu semblable harnachement que sur des chiens et des chevaux, le marchand en conclut qu'il était aux mains d'une Bête.

Il conserva toutefois son calme.

– Vous avez tout lieu d'être fâché, dit-il d'une voix apaisante. Ma conduite est inqualifiable. Laissez-moi vous dédommager.

– C'est-à-dire ? grogna la Bête.

Le marchand fouilla dans la poche intérieure de sa veste et en sortit un chéquier et un stylo.

– Dites-moi votre prix, dit-il pompeusement.

– De l'argent ? hurla la Bête. Regarde autour de toi, chéri. Tu as l'impression que j'en manque ?

Il souleva le marchand en l'air et le secoua à lui briser les os.

Cette fois, le marchand prit peur.

– Ne me tuez pas, supplia-t-il, pendouillant. Je vous en prie, j'ai une famille à charge. Mes pauvres fils, Bradley, Brian, le Beau…

– Le Beau ? répéta la Bête. Tu as un fils qui s'appelle le Beau ?

Il réfléchit un instant, lissant les épaules de la veste du marchand.

– Bon, je vais te dire ce que nous allons faire. Tu vas garder l'orchidée et, quand tu seras rentré, tu m'enverras ce fils appelé le Beau.

La Bête rectifia la cravate du marchand, remontant le nœud si haut que celui-ci ne pouvait plus respirer.

– Je sais que je peux te faire confiance en la matière, murmura-t-elle avant de le pousser comme un jouet dans l'ascenseur.

Les portes se refermèrent et il descendit.

À peine arrivé dans le hall, il courait déjà. Il trouva sa voiture garée juste devant la porte, et ne s'arrêta pas pour se demander comme elle était arrivée là. Il sauta dedans, mit le moteur en marche et démarra sur les chapeaux de roue. Il rentra chez lui en un temps record, donna leur cadeau à Bradley et Brian et les expédia ailleurs. Puis il se tourna vers le Beau.

– Je t'ai ramené quelque chose, dit-il en tirant l'orchidée de sa poche.

– Oh, une orchidée ! s'exclama le Beau avant de froncer les sourcils. Qu'elle est bizarre, on dirait une ecchymose.

Puis il la porta à ses narines et son parfum le subjugua.

– Oh, merci, Père. Elle est merveilleuse.

– Oui, bon, j'ai eu quelques ennuis pour te l'avoir, dit le marchand.

Il détourna alors le regard pour raconter au Beau ce qui lui était arrivé dans la résidence de la Bête.

– Donc, tu vois, le Beau, conclut-il, rien de tout cela ne serait arrivé si tu n'avais pas insisté pour avoir une fleur au lieu de quelque chose de plus raisonnable, comme tes frères. Alors je pense qu'il est juste de te laisser assumer un tant soit peu tes actes et que tu ailles prendre ma place dans l'appartement-terrasse de la Bête.

Il jeta un coup d'œil au Beau pour voir comment il prenait la chose.

Se sachant un sujet de déception pour son père, le Beau avait toujours essayé de se racheter en faisant tout ce que le marchand lui demandait. Et, en l'occurrence, il n'entendait pas faire exception.

– Très bien, dit-il tristement. Je vais faire ma valise.

Le marchand le conduisit donc à la résidence solitaire de la Bête et lui dit au revoir. Avant même que le Beau n'atteigne la porte, le marchand, qui n'aimait pas les adieux, disparut dans un nuage de poussière. Le Beau traversa le hall et monta dans l'ascenseur. Il pressa le bouton marqué « Appartement-terrasse ». Les portes se refermèrent et il monta.

Le soir tombait dans le hall, mais il faisait encore jour dans l'appartement à première vue désert. Tout était exactement comme le marchand l'avait décrit, mais le Beau n'ayant pas faim, la table était vide. Et, comme il n'avait rien à faire, il posa sa valise et regarda autour de lui. Les antiquités et les tableaux ne l'intéressaient pas vraiment, mais il y avait des orchidées partout. Il ne vit pas le temps passer et soudain, toutes les chandelles s'allumèrent simultanément, une porte s'ouvrit et quelqu'un entra. Le Beau reconnut la Bête d'après la description qu'en avait faite son père, mais voulut être sûr de son fait.

– Est-ce vous, la Bête ? s'enquit-il.

– Oui, gronda la Bête. Et toi, tu es le Beau. Le crétin qui t'a envoyé auprès de moi l'a fait pour sauver sa peau. Pourtant, il n'y a pas grand-chose à sauver dedans.

Le marchand était très respecté au sein de sa communauté, et le Beau n'avait jamais entendu parler de lui de la sorte. Il éprouva une sensation étrange.

– Dans la journée, poursuivit la Bête, cet endroit t'appartiendra et ton unique tâche consistera à soigner mes orchidées. J'en ai beaucoup, et elles ne sont pas très en forme. Le soir, après le dîner, ton unique tâche sera de me faire plaisir. Tu as compris ?

– Oui, répondit le Beau.

– Bien. Suis moi.

La Bête le guida jusqu'à une chambre gigantesque comme le Beau n'en avait encore jamais vu auparavant, un genre de donjon de luxe.

– Déshabille-toi, dit la Bête. Voyons un peu comment tu es fait.

Habitué à obéir, le Beau se déshabilla.

– Un peu maigre, observa la Bête. Mais ça ira. Je vais t'entraîner à me faire plaisir. Je suis dur, mais juste : si tu fais de ton mieux, nous nous entendrons. Sinon, je te châtierai. Maintenant, viens ici, c'est l'heure de ta première leçon.

Le Beau s'approcha donc et, si la Bête se révéla exigeante et minutieuse, elle ne fut pas cruelle. Il passa un meilleur moment qu'il ne l'aurait cru. La Bête lui posa ensuite une étrange question :

– M'aimes-tu, le Beau ?

– C'était vraiment formidable, répondit franchement ce dernier. Mais non, je ne t'aime pas. Comment le pourrais-je ? Tu es une Bête.

La Bête accepta apparemment cette réponse et sortit. Le Beau prit une douche et se coucha.

Le lendemain matin, il entreprit d'explorer l'appartement-terrasse. Celui-ci s'avéra plus grand qu'il ne s'y attendait et d'ailleurs, s'il avait comporté une seule pièce de plus, il se serait étendu à l'infini. Derrière une porte, le Beau découvrit un atelier d'artiste, derrière une autre, un atelier de mécanique, puis une cuisine pour pâtissier, un salon de diseuse de bonne aventure, un laboratoire expérimental rempli d'échantillons de minerais. Bref, l'appartement de la Bête était équipé pour toutes les professions et activités possibles et imaginables. Et dans chaque pièce, le Beau trouva des orchidées. Elles avaient toutes les couleurs de l'arc-en-ciel : rouge comme les marques laissées par une ceinture, bleu comme une ecchymose toute récente, ou jaune comme une ecchymose qui s'atténue – mais toutes exhalaient le même parfum lourd et suave. Certaines se portaient bien, mais la plupart souffraient soit d'un trop plein soit d'un manque d'eau. D'autres pâtissaient parce qu'elles étaient couvertes de poussière ou parce que leurs racines étaient enchevêtrées. Apparemment, la tâche que la Bête lui avait assignée était sans fin. Quand le soir tomba et que les chandelles s'allumèrent toutes simultanément, le Beau prit place à table et y trouva son dîner préféré : des sandwiches au beurre de cacahuète et aux dattes, accompagnés d'eau pétillante. Au moment où il terminait son repas, une porte s'ouvrit sur la Bête venant d'on ne sait où. Le Beau la suivit dans la chambre pour sa deuxième leçon, qui s'acheva comme la première, sur cette question de la Bête :

– M'aimes-tu, le Beau ?

Et sur cette réponse du Beau :

– Non.

Les jours passèrent. Un après-midi, en vagabondant avec son pulvérisateur, le Beau ouvrit une porte et se retrouva dans une bibliothèque. Il n'aimait pas beaucoup les livres, qu'il associait à son frère Bradley et à sa quête de pouvoir. Mais sur une petite table, près d'une orchidée infestée de bébés araignées, il vit un livre intitulé *Je soigne mes orchidées*. C'était exactement ce qu'il lui fallait. Il s'assit dans un confortable fauteuil à large dossier et le lut d'un bout à l'autre. Il découvrit d'une part que les orchidées préféraient les environnements clos et sous contrôle tels que les serres, et d'autre part qu'il aimait lire. Au cours des semaines suivantes, il aborda quantité de sujets, au hasard des ouvrages qu'il sortait des étagères.

Un autre jour, il découvrit derrière une autre porte une salle de musculation entièrement équipée d'appareils Nautilus et Stairmasters et de rangées de poids et haltères. Le Beau n'aimait pas particulièrement le sport, sous n'importe quelle forme, car il l'associait à son frère Brian et à sa brutalité. Mais près d'une orchidée qui recevait bien trop de lumière directe était posé un livre intitulé *Se construire un corps de rêve*, dont les photographies au teintes argentées lui apprirent que le sport pouvait renforcer l'attrait esthétique du corps. Et si parallèlement, la vigueur et l'endurance s'en trouvaient accrues, ce n'était sûrement pas plus mal. Il lut le livre et prit l'habitude de s'entraîner quotidiennement.

Pendant ce temps, la Bête le surveillait à son insu. À mesure que le Beau devenait plus fort, elle l'incitait à offrir davantage de résistance au cours de leurs séances nocturnes. Puis, quand ils s'allongeaient côte à côte, la Bête engageait une conversation portant sur tous les domaines traités dans les lectures du Beau, que ce soit la philosophie, l'art de la couleur, ou les techniques pâtissières françaises. Mais la discussion s'achevait toujours sur la question de la Bête :

– M'aimes-tu, le Beau ?

Et sur la réponse du Beau :

– Non.

Comme son programme d'entraînement – qui comprenait natation, aérobic, yoga, Taï Chi, poids et haltères, sans oublier la lecture (il avait dressé une liste des deux mille œuvres les plus importantes au monde et les lisait au fur et à mesure) – lui prenait de plus en plus de son temps, le Beau se dit qu'il serait plus pratique de rassembler toutes les orchidées en un seul endroit. Il décida de construire sur la terrasse une serre dotée d'un système d'humidification et d'un thermostat afin que les fleurs bénéficient du meilleur environnement possible. Il trouva dans l'appartement les outils et matériaux nécessaires à chaque étape du projet et, n'ayant jamais rien entrepris à cette échelle, ni à aucune autre échelle d'ailleurs, il se mit au travail avec beaucoup d'enthousiasme.

Le soir, il montrait plans et schémas à la Bête et tous deux discutaient de chaque point. Ils étaient souvent en désaccord car le Beau se faisait sa propre opinion pour la première fois de sa vie. Parfois même ils en venaient aux mains, mais prenaient toujours leur pied ensemble. Le Beau apprit tout seul la charpenterie, la menuiserie, la vitrerie, l'électricité, la théorie de la thermodynamique, et un jour, par une fin d'après-midi d'été, la serre fut achevée et toutes les orchidées entreposées dedans. Il régnait sur la terrasse un parfum de paradis.

Il avait fait très chaud, et quand le Beau s'attabla pour dîner, il n'eut envie de rien d'autre qu'une salade et une soupe claire. Comme il portait la cuillère à sa bouche, les rayons du couchant se reflétèrent dans le potage et le visage de son père s'y dessina. Le marchand semblait beaucoup plus âgé et diminué, comme si d'horribles pensées le dévoraient de l'intérieur.

– Évidemment ! s'écria le Beau en reposant sa cuillère dans le bol. Il ignore ce qu'il est advenu de moi. Il doit me croire mort et se sentir fautif.

Il résolut de demander à la Bête la permission d'aller voir son père.

Cette nuit-là, ils eurent une discussion animée au sujet de la température à laquelle il convenait de tenir la serre. Le Beau cita ceux qui faisaient autorité en la matière et eut le dernier mot, mais il perdit le match de lutte qui s'ensuivit, ce qui n'empêcha pas la Bête de remarquer avec intérêt combien il devenait difficile de le soumettre. Le Beau admit sa défaite, se plia à la sanction, puis se tourna vers la Bête et lui dit :

– J'ai quelque chose à te demander.

– Demande, répondit la Bête en le regardant.

– Ce soir, j'ai vu mon père dans une cuillerée de soupe, expliqua le Beau. Il a très mauvaise mine et je crois qu'il se fait du souci pour moi. Me laisserais-tu aller le voir pour lui dire que tout va bien ?

– Non, répondit la Bête.

– Il faut que je le voie, assura le Beau. Je ne serai pas longtemps absent. Je me plais ici. Allez, donne-moi ta permission.

Le Bête nota sa détermination et cela lui plut. Mais elle dit de sa voix la plus bourrue :

– Si tu veux y aller, alors vas-y. Tu as trois jours. Mais si tu n'es pas rentré au coucher du soleil le quatrième jour, ce ne sera pas la peine de revenir, car rien de tout ceci ne sera plus là pour toi.

– C'est promis, jura le Beau. Merci.

– Maintenant, j'ai une chose à te demander, dit la Bête. M'aimes-tu, le Beau ?

Le Beau lui était reconnaissant de lui accorder sa permission et heureux comme nulle part ailleurs dans l'appartement-terrasse – et même davantage. Il allait répondre « Oui » quand il se dit : « Pourquoi lui mentir ? » et il répondit :

– Non.

La Bête hocha la tête et s'en fut.

Au matin, les portes de l'ascenseur étaient ouvertes. Le Beau y entra, pressa le bouton marqué « Hall » et descendit. Il avait traversé l'entrée silencieuse et allait poser la main sur la porte vitrée quand il entendit la Bête derrière lui :

– Souviens-toi : rentre avant le coucher du soleil le quatrième jour sinon, plus rien de tout ceci ne sera là pour toi.

Le Beau regarda par dessus son épaule, avide de voir la Bête à la lumière du jour, mais il n'y avait personne. Quand il se retourna vers la porte, c'était celle de la maison de son père. Il l'ouvrit et entra.

Il savait qu'à cette heure de la matinée, son père prenait le café dans son bureau et faisait sa comptabilité. Mais en entrant dans la pièce, le Beau trouva Bradley assis derrière le bureau de son père, examinant les comptes, et Brian allongé par terre, cassant des noix entre ses doigts.

– Salut, dit le Beau. Où est Père ?

– Ça alors, regarde qui est là, fit Bradley sans lever les yeux.

– Où est Père ? répéta le Beau, cette fois sur le ton qu'il prenait quand lui et la Bête étaient en désaccord sur un point de la conversation.

Bradley lui lança un regard surpris.

– Dans le jardin, répondit-il d'un air renfrogné.

Le Beau fit demi-tour vers la porte et entendit alors Brian lui faire des bruits de baisers dans le dos, ce qui arrivait souvent du temps où il vivait à la maison. Sans réfléchir, le Beau lui jeta un regard que la Bête lui avait souvent jeté et qui ressemblait à un mur de pierre s'abattant dans votre œil. Brian recommença bien vite à casser ses noix.

Le marchand était assis sur un banc sous le saule pleureur, dans le coin le plus reculé du jardin, les mains serrées entre les genoux, la tête pendante. Il paraissait beaucoup plus vieux.

– Père, dit le Beau. Ne vous faites pas de souci, je vais très bien. Vous voyez, je suis venu vous rendre visite.

Le marchand leva la tête et cligna des yeux.

– Tu étais parti ? fit-il.

– Vous m'avez déposé à la résidence de la Bête, lui rappela le Beau, et vous m'y avez laissé. Vous avez dû vous rendre malade à force de vous faire du souci pour moi.

– Non, pas vraiment, répliqua le marchand.

– Alors qu'est-ce qui ne va pas ? s'enquit le Beau.

– Tes frères, pleurnicha misérablement le marchand. Ils m'ont pris mon affaire. Ils ont dit que j'étais trop vieux. Trop vieux pour faire tourner ma propre affaire, que j'ai démarrée à partir de rien.

Son père faisait vite perdre patience au Beau. Mais le vieil homme avait l'air si perdu qu'il s'assit auprès de lui sur le banc. Parmi les sujets dont le Beau et la Bête débattaient au lit figurait justement le droit des affaires. En interrogeant soigneusement le marchand, le Beau découvrit que son père n'avait rien signé en faveur de ses fils et avait simplement cédé à leurs intimidations. Il prit son père par le bras et l'escorta gentiment jusque dans son bureau, dont il referma la porte derrière eux. Vingt minutes plus tard, la porte s'ouvrait à nouveau et Bradley et Brian en sortaient furtivement, dépossédés de l'affaire familiale. Le marchand prit place à sa table de travail et redevint l'homme qu'il avait toujours été.

– J'ignore ce que t'a fait cette Bête, mon fils, déclara-t-il, mais un homme tel que toi me serait bien utile. Reste avec moi et je t'associerai.

Ces paroles auraient jadis procuré le plus grand bonheur au Beau, mais il secoua la tête.

– Non, dit-il sans méchanceté. Il faut que je retourne auprès de la Bête avant le coucher du soleil dans trois jours sinon, tout ce que j'ai bâti là-bas disparaîtra.

Mais pour montrer au marchand qu'il appréciait son offre, le Beau lui donna quelques tuyaux pour contrecarrer toute nouvelle tentative de prise de contrôle.

Bradley, qui écoutait derrière la porte, se redressa et dit à voix basse :

– Il faut absolument réserver un traitement de faveur à notre cher petit frère pour lui montrer combien nous lui sommes reconnaissants de tout ce qu'il a fait pour nous.

– Ouais, renchérit Brian en tapant du poing dans son autre main.

Le soir du troisième jour, le Beau s'apprêtait à se coucher tôt quand il entendit frapper à sa porte et vit entrer ses frères. Ils avaient un magnum de champagne, déjà ouvert, et trois flûtes.

– Alors, tu repars demain, dit Bradley sur un ton mélancolique. Écoute, Brian et moi sommes désolés que le torchon ait si souvent brûlé entre nous. Tu veux bien trinquer pour oublier tout ça ?

– Oh, oui, bien sûr, répondit le Beau en prenant une flûte.

Il avait toujours rêvé du jour où ses frères lui diraient quelque chose de semblable.

Bradley remplit les trois verres, leva le sien et dit :

– À ton style de vie alternatif : qu'il t'apporte tout le bonheur possible.

Ils trinquèrent. Le Beau pencha la tête en arrière et but, sans remarquer que ses frères vidaient leur verres par dessus leur épaule. Bradley remplit à nouveau les verres.

– À nous trois, dit-il, frères pour la vie.

Le Beau but encore.

– Au bon vieux temps, reprit Bradley.

Et le Beau but.

Brian porta un toast à son tour :

– À notre succès et à ta déchéance, c'est tout ce que tu mérites.

Mais le Beau ne but pas parce que le somnifère que Bradley avait mis dans le champagne était extrêmement puissant et qu'il était déjà inconscient.

Il ne s'éveilla que tard le lendemain. Son crâne palpitait, son estomac se soulevait et il ne se rappelait de rien. Il se dit que manger lui remettrait peut-être au moins l'estomac d'aplomb et se rendit dans la cuisine. Comme il n'avait envie que d'une soupe claire, il ouvrit une boîte et en réchauffa le contenu. Le soleil allait se coucher et, en portant la cuillère à ses lèvres, les rayons du couchant s'y reflétèrent et il vit le visage de la Bête. Il laissa tomber la cuillère et se précipita vers la porte. Quand il l'atteignit, Bradley et Brian surgirent et lui barrèrent le passage, les traits figés dans une expression de dégoût.

– Oh non, tu ne partiras pas tout de suite, petit frère, lui annonça Bradley. Pas avant qu'il soit trop tard.

– Ouais, renchérit Brian en le ceinturant de ses gros bras.

– Ôtez vous de mon chemin, rugit le Beau et, d'un revers de chaque main, il envoya Bradley voler dans une direction et Brian dans une autre.

Il ouvrit la porte à toute volée et se précipita dehors. Avant d'avoir fait trois pas, il sut qu'il ne retournerait jamais chez le marchand et, avant d'en avoir fait un quatrième, il entra dans le hall de la résidence de la Bête. Les portes de l'ascenseur étaient ouvertes, le Beau pressa le bouton marqué « Appartement-terrasse », les portes se refermèrent et il monta.

Alors qu'il faisait presque nuit en bas, il faisait encore grand jour en haut. Il courut de pièce en pièce en appelant la Bête, mais ne la trouva pas. Il pensa enfin à vérifier dans la serre. Toutes les orchidées avaient fleuri en son absence. Et parmi elles, cerné par leur enivrant parfum, silencieusement l'attendait la Bête.

– Tu es encore là, dit le Beau en riant. Oh, je suis si heureux ! Je t'aime !

Il s'aperçut alors qu'il voyait enfin la Bête à la lumière du jour. Il l'observa longuement. À son grand étonnement, l'être qui se tenait devant lui n'avait rien d'une bête, c'était au contraire le plus bel homme qu'il ait jamais vu.

– La Bête, dit-il médusé. T'avait-on jeté un sort ?

– Non, répondit la Bête. Mais à toi, oui. Maintenant, ce sort est brisé et tu es libre. Tu peux rester ou partir… tu peux faire tout ce que tu veux.

– Je veux bien rester avec toi, mais à une condition, dit le Beau avec un sourire.

– Laquelle ? demanda la Bête.

– À condition que ce soir, après le dîner, ce soit toi le Beau et moi la Bête, répondit le Beau.

– Tout ce que tu voudras, promit la Bête.

Et comme toutes les Bêtes, elle tint parole.

Hansel & Gretel

Il était une fois deux enfants qui vivaient avec leurs parents dans une chaumière à la lisière de la Grande Forêt. Leurs parents les maltraitaient. Qui sait pourquoi ? Peut-être ces parents avaient-ils eux-mêmes été maltraités par leurs parents et perpétuaient-ils ainsi une tradition familiale ? Peut-être ces parents n'avaient-ils pas désiré leurs enfants et auraient-ils été plus heureux avec un chat ? Mais cela revenait au même pour les enfants : parfois on les négligeait, parfois on abusait d'eux.

La fille, qui s'appelait Gretel, avait les yeux en face des trous et savait prendre soin d'elle-même. Quand un orage menaçait dans la petite chaumière, elle le sentait et se tenait à l'écart. Si bien qu'on la négligeait davantage qu'on n'abusait d'elle. Mais le garçon, qui s'appelait Hansel, était distrait et renfermé, il ne connaissait qu'une façon de se protéger des ennuis : se réfugier dans ses rêves et les magazines de cinéma, ce qui n'était pas toujours efficace. Si bien qu'on abusait davantage de lui qu'on ne le négligeait.

Le frère et la sœur s'aimaient beaucoup et, même s'ils n'avaient aucun autre compagnon, ils étaient satisfaits et en général heureux. Gretel, que ses parents négligeaient, était heureuse de sentir que son frère avait besoin d'elle, et Hansel était reconnaissant à sa sœur de veiller sur lui.

Par une nuit sans lune, tandis que tout le monde dormait, la mère s'assit dans son lit, ouvrit un œil et dit :

– Il est temps de se débarrasser des enfants.

Le père s'assit près d'elle, ouvrit un œil et dit :

– Je pense que tu as raison. Mais comment ?

La mère scruta longtemps et attentivement les ténèbres. Enfin, elle dit :

– Nous les emmènerons dans la forêt et nous les y laisserons.

Le père approuva :

– Bonne idée.

Puis ils refermèrent chacun leur œil, s'allongèrent et, le matin, au réveil, aucun d'eux ne se souvenait de cette conversation.

Alors le père regarda par la fenêtre. Des nuages noirs couraient dans le ciel et le vent gémissait comme quelqu'un qui vient d'apprendre une terrible nouvelle.

– Quelle belle journée, observa le père. Et si on emmenait les enfants faire une promenade dans les bois ?

– Quelle bonne idée, approuva la mère. Je vais préparer un pique-nique.

Le père alla voir les enfants et leur dit de se préparer à partir tous ensemble en promenade. Gretel sut immédiatement que quelque chose se tramait car ils ne faisaient jamais rien en famille. Elle fit sortir son frère.

– Remplis tes poches de petits cailloux, lui dit-elle.

– Pourquoi ? voulut savoir Hansel.

– Ils nous emmènent en promenade, répondit-elle. Je crois qu'ils vont essayer de nous perdre.

Alors Hansel remplit ses poches de cailloux.

Une fois le pique-nique prêt, ce qui fut vite fait, la famille prit le chemin de la forêt et s'y enfonça rapidement. Hansel, qui détestait les bois, était encore plus renfermé que d'habitude. Gretel lui tenait la main. Dès qu'ils faisaient quelques pas, elle murmurait :

– Maintenant.

Et Hansel laissait tomber un petit caillou.

Ils marchèrent un bon moment, puis les parents firent asseoir Hansel et Gretel près d'un arbre abattu.

– Les enfants, votre mère et moi allons chercher du bois, dit le père.

– Attendez nous ici, ajouta la mère. Voici votre déjeuner. Ne le mangez pas tout de suite.

Puis les parents s'en allèrent et, après une dizaine de pas, ils ne se rappelaient même plus qu'ils avaient des enfants et pensaient être partis dans la forêt pour chercher du bois. Ils ramassèrent donc quelques branches et rentrèrent à la chaumière.

Dès qu'ils furent hors de vue, les enfants se levèrent et rebroussèrent chemin jusqu'au dernier petit caillou. Celui-ci et les autres traversaient la forêt, à peine visibles dans la pénombre des arbres, jusqu'à la chaumière de leurs parents.

– Tu crois qu'il faut rentrer ? demanda Hansel.

– Je ne pense pas, répondit sa sœur. Voyons ce qu'ils nous ont laissé à manger.

Dans le sac en papier, ils ne trouvèrent qu'un sucre d'orge. Pour sa part, Gretel n'avait pas le bec sucré. Mais parmi tout ce dont Hansel était généralement privé, les sucres d'orge arrivaient semblait-il en tête de liste. Il mangea donc sa moitié de friandise avec plaisir et aussi celle de Gretel, sachant qu'elle ne s'en offusquerait pas. Puis ils partirent main dans la main, dans la direction opposée à la chaumière.

Ils se trouvaient dans la Grande Forêt, également connue – si vous vous y perdez aussi un jour – sous le nom de Forêt Sans Fin, ce que vous confirmera toute personne s'y étant perdue, à condition d'en trouver une qui ait su retrouver son chemin. Mais rares sont ces personnes car les arbres poussent tout près les uns des autres, les feuilles ne laissent passer que très peu de lumière et d'innombrables chemins mènent toujours plus profond dans la forêt alors que très peu en sortent.

Les enfants marchèrent toute la journée, puis la pénombre fit place à la nuit noire et les animaux s'éveillant pour chercher leur dîner dans les ténèbres commencèrent à s'agiter. Hansel était très nerveux et Gretel, qui lui répétait pourtant que tout irait bien, commença elle aussi à s'inquiéter.

Soudain, ils aperçurent une lueur devant eux, parmi les troncs d'arbres. Ils avancèrent aussi vite que possible dans cette direction et aboutirent dans une petite clairière. Ils virent un cercle formé de hautes perches noires supportant des projecteurs, avec à l'intérieur un second cercle formé de caméras posées sur chariot qui fonctionnaient malgré l'absence de tout d'opérateur. Mais le plus étonnant, c'était la maisonnette au milieu de la clairière, éclairée par les spots et filmée par les caméras, car cette maisonnette était tout en sucreries.

– Des sucreries ! s'exclama Hansel.

Il courut devant les caméras jusqu'à la maison et en cassa un morceau.

– Du caramel enrobé de chocolat ! s'écria-t-il.

Il se mit à manger aussi vite que possible. Gretel, qui aurait préféré quelque chose de chaud, s'approcha avec circonspection.

– On pourrait rester ici pour toujours, dit Hansel la bouche pleine.

– Heu, commença dubitativement Gretel avant d'être interrompue par l'ouverture de la porte en nougatine et la sortie d'une dame.

Comme elle était belle avec sa chevelure vaporeuse couleur de clair de lune ! Elle portait une étole de fourrure et quand les projecteurs frappèrent de leur éclat sa robe longue, mille étincelles se mirent à danser. Elle n'était plus jeune du tout, le chagrin et le malheur avaient depuis longtemps marqué son visage, comme l'océan avait jadis maltraité le désert. La dame ne jeta même pas un coup d'œil à Gretel, elle plongea son regard dans les yeux de Hansel et dit : « Toi », comme s'il était celui qu'elle attendait depuis toujours. Sa voix sonnait comme la fumée de cigarette, les bas de soie noire et les nuits blanches à répétition.

Hansel en oublia de manger.

– Oui, répondit-il.

– Entre, l'invita la dame. Tout est prêt.

Et Hansel entra dans la maisonnette. La dame jeta alors un coup d'œil à Gretel et son expression changea, comme si Gretel avait dit quelque chose de drôle.

– Tu n'es pas très jolie, n'est-ce pas ma chérie ? dit-elle. Mais tu ferais bien d'entrer toi aussi. Il va faire froid dehors.

Gretel n'aimait pas la dame, mais elle suivit son frère.

Elle n'aimait pas non plus l'intérieur de la maison. Il n'y avait pas de sucreries comme à l'extérieur, mais l'obscurité, la poussière et le désordre qui y régnaient la mirent mal à l'aise. Une cigarette se consumait dans un cendrier, prête à tomber. Gretel l'éteignit.

– Laisse les choses comme elles sont, ma chérie, dit la dame. Tout est exactement comme je le veux.

Elle se tourna ensuite vers Hansel et dit de la voix magique dont elle n'usait qu'avec lui :

– Viens me parler.

Hansel la suivit dans la maison, qui était beaucoup, beaucoup plus grande qu'à l'extérieur, jusqu'à son salon d'habillage. Ses belles robes étaient suspendues dans une penderie comme des anges endormis. La dame s'assit devant une table, face à un miroir en trois parties.

– Mets-toi à l'aise, dit-elle, et parle-moi de toi.

Hansel s'assit dans un fauteuil garni de coussins.

– Qui êtes-vous ? demanda-t-il.

La dame se mit à rire. C'était un rire enchanteur et Hansel aurait voulu plus que tout au monde savoir rire de cette façon.

– Nous allons devenir amis, dit la dame. Aimes-tu la magie ?

Et, sans attendre de réponse, elle ouvrit un pot de crème, en étala un peu sur son visage et l'essuya avec un mouchoir de papier.

– Voyons, fit-elle, qui vais-je devenir ?

Elle prit des crayons, des pinceaux, de minuscules pots de couleur et, en quelques gestes, se composa un visage entièrement différent, que Hansel fut certain d'avoir vu dans un magazine de cinéma ou dans ses rêves éveillés.

– Aimerais-tu apprendre à faire pareil ? demanda-t-elle.

– Oh, oui, souffla Hansel. Vous croyez que je pourrais ?

La dame se poussa, tapota la place laissée à côté d'elle sur le petit banc et Hansel vint s'y asseoir. Elle lui mit du crayon sur les yeux, puis saisit ses pinceaux et quand Hansel se regarda dans le triple miroir, il avait les mêmes yeux qu'elle. Il fut ravi.

– J'ai tant de secrets à t'apprendre, lui confia la dame.

Et au fil des jours qui suivirent, elle les lui apprit tous.

Pendant ce temps, Gretel n'avait rien à faire. La seule chose qui lui venait à l'esprit – ranger un peu le désordre dans lequel vivait la dame – lui était interdite. Il suffisait qu'elle racle une table de son ongle pour que la dame apparaisse et dise :

– Laisse ça, ma chérie. Tout est déjà comme je veux.

Gretel ne se sentait plus indispensable à son frère, qui passait tout son temps avec la dame, et cela lui manquait par dessus tout. Elle le voyait changer de jour en jour et avait l'impression que la dame le mangeait petit bout par petit bout.

Un après-midi – ils avaient alors vécu dans la maisonnette bien trop longtemps à son goût – Gretel alla voir Hansel qui, assis devant le triple miroir, faisait des expériences avec les pinceaux et les petits pots de couleurs. La dame n'était visible nulle part.

– Il faut nous échapper, dit Gretel sur un ton d'urgence.

– Qu'est-ce que tu veux dire ? interrogea Hansel en se concentrant sur la ligne qu'il dessinait sur une de ses paupières.

Gretel regarda dans le miroir du milieu et vit que son frère avait les yeux de la dame.

– Elle est en train de te transformer en elle, répondit-elle tristement.

– Non, pas exactement, dit Hansel. Elle m'apprend à être une star.

Il recula et se regarda dans le miroir. Il lui sembla que la personne qui lui rendait son regard était plus forte et plus belle que tout ce qu'il avait pu espérer.

– Ce soir, elle va m'apprendre le secret pour marcher avec des talons hauts. Je ne peux pas partir maintenant.

La dame arriva sur ces entrefaites et s'assit à côté de lui sur le banc, empêchant ainsi Gretel d'en dire davantage.

Gretel savait qu'il lui appartenait de sauver son frère. Elle avait remarqué que la dame n'avait qu'une faiblesse : sa vanité. Pour dire la vérité, il s'agissait plus d'appétit que de faiblesse car le soir, tandis que les enfants dînaient, la dame ne mangeait jamais rien. Elle vivait de l'attention et de l'admiration que lui portait Hansel. Ruminant là-dessus, Gretel échafauda son plan.

Au jour qu'elle avait fixé pour se sauver, elle entra dans la cuisine, sortit tous les ustensiles du four et se mit à le nettoyer aussi vite qu'elle le put. À peine avait-elle commencé que la dame apparut et dit :

– Laisse cela, ma chérie. Tout est déjà comme je veux.

– Oh, excusez-moi, j'avais oublié, répondit Gretel. Puis elle écarquilla les yeux comme si elle voyait la dame pour la première fois et dit :

– Mais, vous êtes une star de cinéma, n'est-ce pas ?

Il est bien difficile de dire ce qu'était la dame, mais elle avait vraiment été une star en son temps et même plusieurs, en fait. Elle répondit donc :

– Oui. Oui, je crois.

Puis elle sourit à Gretel pour la première fois.

– D'ailleurs, continua Gretel, vous jouiez le premier rôle dans mon film préféré.

– Vraiment ? s'extasia la dame avant d'adopter la voix magique dont elle n'usait qu'avec Hansel. Lequel ?

– *La reine dans le four*, répondit Gretel. Je l'ai vu cinq fois. Vous étiez géniale.

Elle croisa les doigts, espérant que son plan allait fonctionner.

La dame avait été la vedette d'un grand nombre de films, mais elle ne se souvenait vraiment pas d'avoir joué dans *La reine dans le four*, ni même d'en avoir entendu parler. Elle ne put toutefois résister aux louanges de Gretel.

– Oh, oui. Un rôle très exigeant, dit-elle, attendant d'en savoir plus.

– Vous connaissez ma scène préférée ? s'enquit Gretel. Elle me donne toujours la chair de poule. C'est la dernière, quand les soldats ennemis envahissent le château et que vous vous enfuyez dans la cuisine.

– La cuisine, répéta la dame en visualisant la scène.

– Surpassée en nombre, désespérée, votre royaume en flammes, vous choisissez la mort plutôt que le déshonneur, exposa Gretel.

– Oui, confirma la dame, captivée par ce récit.

– La porte du four est ouverte. Vous y entrez sans hésiter, poursuivit Gretel sans quitter la dame du regard, en fredonnant un air tragique et passionné.

– Bien sûr ! s'écria la dame, au comble de l'amusement. Mon bûcher funéraire, mon monument !

Elle poussa même jusqu'à grimper dans le four en criant :

– Adieu !

Aussitôt, Gretel referma la porte du four, coinça une chaise sous la poignée pour en interdire l'ouverture et ouvrit le gaz au maximum. Puis elle courut chercher Hansel.

Il était assis devant le triple miroir, vêtu d'une des robes longues en satin de la dame, occupé à se choisir une perruque pour couvrir ses cheveux encore trop courts. Il avait opté pour une perruque de même couleur que ses cheveux et la disposait sur son crâne quand Gretel fit irruption dans la pièce.

– Nous sommes libres ! dit-elle à bout de souffle.

– Évidemment, nous sommes libres, répliqua Hansel en lissant la perruque.

– Mais, non. Nous pouvons nous sauver, maintenant. J'ai poussé la sorcière dans le four, expliqua-t-elle avec impatience.

– Non ! hurla Hansel.

Il courut dans la cuisine à toute allure car il connaissait le secret pour marcher avec des talons hauts. Mais lorsqu'il ouvrit la porte du four, il ne trouva absolument rien à l'intérieur.

– Il faut la trouver, dit-il.

Et il fouilla dans toute la maison, Gretel le suivant prudemment.

Mais la dame n'était visible nulle part.

Il retourna finalement dans le salon d'essayage et en passant devant le triple miroir, la vit. Elle avait des cheveux longs et vaporeux, la lumière se brisait et dansait sur sa robe et oh, qu'elle était belle ! Tout heureux, Hansel lui sourit et elle lui rendit son sourire. Il porta la main à son visage et la dame lui fit un signe d'adieu.

– Mais, je suis une star, dit-il, stupéfait. Il est temps pour moi de partir.

Il mit une étole de fourrure et se dirigea vers la porte.

– Et moi ? demanda tristement Gretel.

Hansel la regarda. Elle n'avait vraiment rien de glamour, mais il se dit qu'elle était sûrement très rusée pour avoir réussi à enfourner la dame. Alors, il dit :

– Tu pourras devenir mon manager.

En ouvrant la porte en nougatine, ils découvrirent un chemin qui courait à travers la Grande Forêt. Tout au bout, minuscule dans le lointain, mais scintillant de mille feux, on distinguait une ville. Des canons à lumière balayaient le ciel, comme pour annoncer la naissance d'une nouvelle étoile. Alors, main dans la main, Hansel et Gretel s'en furent ensemble.

Outroupistache

Il était une fois un jeune homme appelé Steven, que ses parents envoyèrent vivre chez son oncle, le meunier, à l'âge de dix-huit ans. Le meunier ne s'était jamais marié et, les parents de Steven ayant la sensation que leur fils ne se marierait jamais non plus, ils espéraient que l'oncle achèverait son éducation et lui apprendrait à trouver sa place dans le monde par des voies qu'eux ignoraient.

Ayant toujours eu beaucoup d'affection pour son neveu, le meunier le prit avec joie sous son aile. Le jour, Steven travaillait au moulin et se musclait en soulevant de lourds sacs de grain et de farine. Le soir, son oncle l'emmenait au café, au théâtre, à des vernissages, et Steven y rencontrait ses amis. Tout le monde l'appréciait et sa vie était agréable.

Le meunier était un homme bon, mais affligé d'une faiblesse : il ne pouvait s'empêcher de se vanter. Il se vantait à propos de tout, sans ce soucier de dire ou non la vérité. Au concert, si un spectateur derrière lui disait que le costume qu'il portait coûtait les yeux de la tête, le meunier se retournait et affirmait que le sien lui avait coûté deux membres de sa famille. Au marché, si l'homme qui le précédait parlait de son chien qui allait chercher le journal, il attendait avec impatience d'exposer que le sien écrivait la rubrique des faits divers et tapait en plus à la machine aussi vite que l'éclair. C'était comme une fièvre qui s'emparait de lui, et tous ceux qui le connaissaient le laissaient dire en roulant des yeux.

Un jour, il bavardait au moulin avec deux vieux amis. Tous trois regardaient Steven nettoyer les meules. Au bout d'un moment, le premier ami observa :

– J'ai moi aussi un neveu. Il peut fabriquer une bourse de soie à partir d'une oreille de truie.

Le second déclara :

– Ce n'est rien. Mon neveu à moi peut ériger une montagne à partir d'une taupinière.

Le meunier ne pouvait laisser passer cela.

– Mon neveu, lui, peut changer la merde en or, lança-t-il.

Au même instant, un roi qui faisait sa promenade de l'après-midi vint à passer devant le moulin. Il tendit la tête par la porte ouverte et dit au meunier :

– En ce cas, amène ton neveu au château à sept heures ce soir.

Le meunier s'inclina et dit :

– Bien, votre majesté.

Ses deux amis s'inclinèrent aussi, atterrés de voir dans quel pétrin il s'était mis.

Dans sa jeunesse, le roi avait été un guerrier féroce et, avant de s'installer, avait occis tous les géants, trolls et dragons du royaume. Son fils, connu dans tout le pays sous le nom de Prince en Colère, était animé du même esprit fougueux mais n'avait pas le moindre ennemi à soumettre. Le roi commençait à s'inquiéter, car il serait bientôt temps pour lui de transmettre la couronne à son fils, le Prince en Colère, et celui-ci n'aurait d'autre moyen de canaliser son agressivité naturelle qu'en tyrannisant ses sujets. Il savait qu'au château, on critiquait le prince à voix basse.

– Il m'a carrément torché ce matin, se plaignait l'huissier d'armes au hallebardier de la garde royale.

– Avec le prince, chacun a son lot d'emmerdes, faisait remarquer le duc au comte.

– Quel trou du cul ! susurrait un commis de cuisine à un page.

Aussi, quand le roi entendit le meunier affirmer que son neveu pouvait changer la merde en or, il se dit que peut-être, il avait trouvé la solution à son problème.

Ce soir-là, à sept heures moins le quart, le meunier et Steven arrivèrent devant la première marche du château.

– Mon oncle, qu'allons-nous faire ? s'enquit Steven avec angoisse. Tu sais bien que je ne peux pas changer la merde en or. Ni en n'importe quoi d'autre, d'ailleurs.

Le meunier tapota l'épaule de Steven d'un geste très confiant.

– Il ne faut pas t'inquiéter, dit-il. Tu es malin, mignon et tout le monde t'apprécie. Tu trouveras quelque chose.

Et il actionna le grand heurtoir de cuivre avant de déguerpir aussi vite que possible.

Un valet de pied en livrée ouvrit la porte, et Steven lui expliqua pourquoi il devait se présenter devant le roi. Le valet de pied le fit entrer et le confia au majordome, qui réajusta le col de Steven et l'escorta jusqu'au chambellan. Le chambellan lui fit un rapide brushing et l'introduisit auprès du ministre de l'étiquette, qui trouva que ses chaussures auraient eu besoin d'un coup de cirage pour l'occasion mais s'en remit à la providence, ne disposant pas du temps nécessaire. Des pages, courtisans et hommes d'armes qui n'avaient pas grand chose à faire après dîner déambulaient là et, quand on jugea que la foule qui l'entourait était suffisamment importante, Steven fut conduit à la salle du trône et présenté au roi.

– Que tous sortent, sauf Steven, ordonna le roi en frappant dans ses mains.

Chacun s'exécuta. Le roi repoussa sa couronne vers l'arrière, frotta la marque rouge qu'elle avait laissée sur son front et sourit.

– Steven, j'ai entendu dire de grandes choses à ton sujet, dit-il.

– Ne trouvez-vous pas que les rumeurs sont de véritables fléaux, Votre Majesté ? demanda Steven, plein d'espoir.

– Allons, ne sois pas modeste, répliqua le roi. Sortons faire quelques pas.

Il descendit du trône et posa sa main au creux du bras de Steven.

– Tu fais de la musculation ? s'enquit-il.

Tous deux sortirent de la salle du trône. Ils gravirent un gigantesque escalier, longèrent quelques corridors et arrivèrent dans la partie du château où logeait la cour. Puis ils parvinrent à une enfilade de pièces dont la porte était frappée d'une couronne d'or. Deux serviteurs, se tenant de chaque côté, s'inclinèrent et l'ouvrirent. Steven remarqua que l'un portait un pansement sur le nez et que l'autre avait un œil au beurre noir.

À l'intérieur, tout n'était que ruines. Les meubles étaient fracassés, les murs percés de trous, comme si on les avait boxés, et une causeuse était encastrée dans la cheminée, à mi-hauteur du conduit.

– La chambre de mon fils, expliqua tristement le roi.

– Très jolie, répondit Steven aussi poliment que possible.

– Pas la peine de prendre des gants, dit le roi. C'était une très jolie chambre, mais aujourd'hui c'est, si tu me passes cet écart de langage, une merde. Et cela ne servirait pas à grand chose de tout remplacer, parce qu'il recommencerait.

Il soupira et secoua la tête.

– Steven, tu te plais ici, au château ? Si tu trouvais, grâce à ton don, le moyen de nous aider, nous aimerions beaucoup que tu restes vivre ici avec nous. Peut-être pourrais-tu devenir le compagnon de mon fils. C'est un beau garçon et je pense qu'il te plaira s'il ne te tue pas. D'ailleurs, je crains fort que cela ne t'arrive, à moins que tu ne saches réellement changer la merde en or. Mais je te fais perdre ton temps. Tu souhaites certainement te mettre au travail sans tarder. Bonne chance, mon garçon, tu as toute ma confiance.

Il donna une petite claque sur l'épaule de Steven et sortit en refermant la porte derrière lui.

– Et maintenant, que vais-je faire ? gémit Steven sans attendre de réponse puisqu'il était seul dans la pièce.

Mais soudain, il y eut un bruit de papier froissé dans la corbeille renversée, et un drôle de petit homme en sortit en rampant, se redressa et s'épousseta. Sa minuscule casquette de motard, ses minuscules bottes, son minuscule blouson de moto, son harnais, ses jambières, tout était en cuir noir.

– Salut, Steven, dit le petit homme. On dirait que tu as un problème.

– Il faut que je change de la merde en or, confirma tristement Steven, et je ne sais pas comment faire.

– Moi, si, affirma le petit homme. Et je peux t'apprendre.

– C'est vrai ? fit Steven.

– Absolument. C'est mon métier. Je peux t'apprendre en cinq secondes, dix maximum. Qu'est-ce que tu me donnes en échange ?

– Je n'ai pas grand chose, admit Steven. Qu'est-ce que tu voudrais ?

– Ton bonheur.

– Pardon ?

– Tout ton bonheur.

Steven se mit à réfléchir que le petit homme n'était peut-être pas aussi amical qu'il en avait l'air. Le petit homme le vit hésiter et ajouta vite :

– Aucun versement pendant un an. Et personne ne te proposera de meilleures conditions.

Steven ne trouvait pas ces conditions si fantastiques. Mais il se dit qu'à défaut de les accepter, il perdrait tout son bonheur dès cette nuit et que beaucoup de choses pouvaient se produire avant de devoir payer sa dette. Ils échangèrent donc une poignée de mains. En réalité, le petit homme ne réussit qu'à serrer le bout du doigt de Steven, mais d'une main remarquablement ferme.

– Bon, fit Steven en se massant le doigt. Montre-moi comment changer cette merde en or.

– Ça ? fit le petit homme avec une grimace. Non, il faudra mettre tout ça à la décharge. Maintenant, écoute. Quand le Prince en Colère te trouvera dans ses appartements, il va devenir furieux et voudra se battre avec toi.

– Bon, je me battrai contre lui, dit Steven, qui avait la forme à force de porter les sacs de grain au moulin.

– Non, non et non ! cria le petit homme. Tu n'écoutes pas. Ce n'est pas le Baron en Colère. Ce n'est pas le Comte en Colère. Ce n'est pas le Réparateur du Téléphone en Colère, au nom du ciel. C'est le Prince en Colère. Le fils du roi. Tu ne peux pas t'opposer à lui.

– Je vois, fit Steven en hochant la tête. Alors, quand il entrera, je ne me battrai pas contre lui. Je le laisserai se battre tout seul.

– Non, non et non ! piailla le petit homme, dont la patience semblait singulièrement limitée. Ça ne marchera pas non plus. S'il commence à se battre avec toi, il te tuera. Rappelle-toi, c'est le fils du roi et toi, le neveu du meunier, c'est bien ça ?

– Alors que dois-je faire ? brailla Steven, qui perdait lui-même un tantinet patience.

– Hé, prévint le petit homme. N'élève jamais la voix contre moi. Ce que tu dois faire, Steven, est simple. Tu vas le pousser à te donner une fessée.

– Oh, fit Steven. Oh, bien sûr.

Le petit homme avait raison : c'était simple. Si simple que Steven eut envie de se botter les fesses pour n'y avoir pas pensé lui-même avant de conclure ce déplaisant marché avec le petit homme. Mais il n'en eut pas le temps. Du corridor provinrent les clameurs d'une voix en colère, suivies de bruits de gifles et de coups de poing. Le petit homme lui fit un clin d'œil, tapa du pied et disparut. La porte s'ouvrit alors avec fracas et le Prince en Colère se rua dans la pièce.

– Qu'est-ce que tu fais là ? rugit-il en voyant Steven.

Il aurait dû être fort beau, mais son visage était noué par la tension.

– Je suis navré, répondit Steven de sa voix la plus douce. Je ne le ferai plus.

Le prince s'arrêta un instant. En général, les gens répondaient à ses crises de rage par des excuses particulièrement irritantes ou bien des crises de rage, ce qui l'irritait encore davantage. En l'occurrence et momentanément, il ne sut que faire. Puis il se reprit.

– Eh bien, tu n'aurais pas dû le faire du tout, brailla-t-il.

– Vous avez raison, lui cria à son tour Steven. Pourquoi ne pas me donner la fessée ?

– Vraiment ? fit le prince.

Jamais auparavant on ne lui avait fait une telle proposition et il sentit que la tension commençait à évacuer sa nuque et ses épaules.

Steven lui adressa son plus charmant sourire, qui était véritablement charmant.

– Vraiment, dit-il.

Pendant ce temps, derrière la porte de la chambre, le roi attendait dans un état d'appréhension que n'amoindrissait pas la nature des sons provenant des appartements de son fils. Apparemment, celui-ci se défoulait sur le neveu du meunier, sans que toutefois Steven n'appelât au secours. « Bon, soupira le roi pour lui-même, voilà ce qui arrive à ceux qui se targuent impudemment de pouvoir changer la merde en or ». Il ordonna à un serviteur de lui installer une chaise confortable et s'y assit en attendant les nouvelles qu'apporterait le matin.

Il était presque midi quand la porte s'ouvrit enfin et au grand étonnement du roi, son fils et Steven sortirent ensemble, bras dessus bras dessous. Steven était radieux et le Prince en Colère quasiment méconnaissable tant il était détendu et souriant. Le roi jeta un œil dans la pièce : les meubles fracassés n'avaient pas été changés en or et il en fut un peu déçu. Mais en voyant son fils passer entre les deux serviteurs sans les frapper, il se dit que quelque chose avait indubitablement changé. Steven s'installa donc au château dans des appartements communiquant avec ceux du Prince en Colère, que l'on se mit pour la première fois à appeler par son prénom : Eric. Et, durant un an, Steven mena une vie délicieuse.

Mais un soir, tandis qu'il faisait ses assouplissements, la corbeille à papier se renversa soudain et le petit homme en sortit en rampant. Steven l'avait tout à fait oublié et ne fut pas heureux de le revoir.

– Salut, Steven, fit le petit homme en s'époussetant. Je viens te prendre ton bonheur.

Le bonheur, Steven s'y était habitué. Il pensait que si le petit homme lui avait dévoilé le secret pour changer la merde en or, c'était quand même lui qui l'avait fait. Il lui proposa donc des bijoux, ou une position à la cour, ou un abonnement à vie dans le club de gym de son choix, ou n'importe quoi d'autre en échange. Mais rien d'autre n'intéressait le petit homme. Steven finit par secouer la tête et lui dire :

– Désolé, mais tu vas devoir repartir les mains vides, car tu n'auras pas mon bonheur.

– Vraiment, Steven ? répondit le petit homme. Tu sais quoi ? Tu es séropositif. À la prochaine.

– Non ! cria Steven.

Mais quelque chose en lui dit « Oui » et il sut que le petit homme venait de lui prendre son bonheur.

Steven supplia le petit homme, qui s'en réjouit. Quand il s'en fût suffisamment réjoui, il dit :

– Bon, je ne peux pas te rendre tout ton bonheur, Steven. Je voudrais bien, mais ce n'est pas ainsi que marchent les choses. Ceci dit, je pourrais te faire une offre exceptionnelle. Et même l'offre de ta vie. Si au cours des trois prochaines nuits, avec trois essais par nuit, tu peux me dire pourquoi tu es séropositif, et ce que cela signifie pour toi en tant que personne, alors je te rendrai assez de bonheur pour mener une vie agréable et nous serons quittes. Mais si tu échoues, je garderai ton bonheur et je te prendrai toi aussi. Décide-toi vite, je suis très occupé.

Cette offre n'enchanta guère Steven, que d'ailleurs rien n'enchantait plus à cet instant. Mais il avait une chance de changer cela et il tendit son doigt au petit homme.

– Bon, dit-il en se frottant le doigt. Je suis séropositif parce que… Dieu me trouve mauvais ? Le sexe, c'est la mort ? J'ai pris trop de poppers ?

– Bien essayé, ricana le petit homme. Mais c'est raté.

Il tapa du pied et disparut.

La nuit suivante, ce fut la même chose.

– Un fléau mis au point par des scientifiques homophobes ? questionna Steven, qui se raccrochait à n'importe quoi. Un sentiment d'inutilité agissant sur mon système immunitaire ? Une façon pour la nature de me dire que je n'étais pas prévu comme ça au programme ?

Le petit homme lui fit un large sourire.

– Tu te débrouilles très bien, dit-il en secouant la tête. Ne prends pas la peine de faire ta valise demain soir, Steven. Tu n'auras besoin de rien là où je t'emmène.

Il tapa du pied et disparut.

Steven était désespéré. Il envoya chercher la seule personne a priori capable de lui venir en aide : son oncle. Quand le meunier apparut, un peu grincheux à cause de l'heure tardive, Steven lui raconta tout.

– Alors, tu vois, mon oncle, acheva-t-il, si je ne trouve pas la raison de ma séropositivité, je suis perdu. Il faut que tu parcoures le royaume et que tu poses la question à tous ceux que tu rencontreras. Quelqu'un connaît sûrement la réponse.

– Ne t'inquiète de rien, mon neveu, lui assura le meunier. Je prends les choses en mains.

Il quitta sur-le-champ le château, sans attendre le lever du jour.

Steven attendit toute la journée, sans rien pouvoir manger ni se concentrer sur quoi que ce soit. Enfin, longtemps après la tombée de la nuit, le meunier revint en trébuchant. Il se laissa tomber sur une chaise.

– Je suis fourbu, dit-il. J'ai dû parler à tous les sujets du royaume, aujourd'hui. J'ai horriblement mal aux pieds.

– Désolé, dit Steven le plus patiemment possible. Je vais te faire monter des sels relaxants. Mais connais-tu la réponse ?

– Eh bien, non, confessa le meunier.

– Non ? cria Steven. Personne n'a su te la donner ? Personne ?

– Oh, chacun avait son opinion, répondit le meunier en agitant la main comme pour chasser les mouches. Il y en avait un qui pensait que c'était un châtiment divin, un autre que tu ne t'aimais pas assez – tu ne croiras jamais tout ce que j'ai pu entendre. Mais personne ne savait.

Il secoua la tête avec dégoût, puis son visage s'éclaira.

– Mais j'ai vu une chose extrêmement intéressante qui te fera peut-être oublier tes problèmes. Je coupe du bois dans la forêt et soudain, je vois une lumière devant moi. Qui cela peut-il bien être à cette heure de la nuit ? Je m'approche donc en rampant et que vois-je, à ton avis ? Un feu de joie gigantesque et un petit homme habillé de cuir qui danse autour, qui s'amuse comme un fou et qui chante à pleins poumons. Que disait cette chanson, déjà ? Ah, oui, écoute, dit le meunier en se penchant en avant :

Il s'est trompé la nuit dernière,
il s'est trompé la nuit d'avant.
J'emmènerai donc cet ignorant,
c'est juste quelque chose dans l'air.

– Amusante petite chanson, non ?

– Mon oncle, c'est la réponse ! s'écria Steven en prenant le meunier dans ses bras.

Il venait de le cacher derrière les rideaux quand la corbeille à papiers se renversa et que le petit homme apparut.

– Nous allons bien nous amuser ce soir, Steven, dit-il, les yeux brillants de gaîté. Oh, oui ! Alors donne-moi vite tes trois réponses, car nous avons un long chemin à faire.

– Bien, dit Steven d'une voix affable. Suis-je séropositif parce que fidèle en amitié, honnête et désireux de m'épanouir ?

Le rictus du petit homme s'effaça.

– Heu, non, fit-il.

– Ou alors, parce que je suis créatif, passionnant, que j'ai de la classe et du courage ? s'enquit Steven.

– De quoi parles-tu ? râla le petit homme, les yeux plissés. Cela n'a rien à voir du tout.

– Alors dans ce cas, dit Steven en se penchant pour ajuster le blouson de cuir du petit homme, cela n'a certainement rien à voir avec moi. C'est tout simplement un virus auquel j'ai été exposé. Un terrible virus, mais c'est tout.

Et il pinça la joue du petit homme.

– Comment ? hurla le petit homme, vert de rage. Comment ? Tu... qu'est-ce que tu... Qu'est-ce que tu m'as dit ? Après tout ce que j'ai fait pour toi ?

Il fixa Steven comme s'il avait voulu le... le... enfin lui faire ce à quoi il pensait, et il tapa du pied. Mais son pied s'enfonça dans le sol et y resta coincé. Ceci rendit le petit homme si furieux qu'il prit sa botte à deux mains et tira d'un coup sec de toutes ses forces. Malheureusement pour lui, il tira tellement fort qu'il se coupa en deux et ce fut sa fin.

Quant à Steven, il récupéra plus de bonheur qu'il n'en fallait pour vivre une vie agréable avec le prince. En apprenant le rôle qu'avait joué le meunier dans toute l'histoire, le roi fut si impressionné qu'il l'invita à venir vivre au château. Et c'est là qu'ils sont tous les quatre aujourd'hui.

Raiponce

Il était une fois une femme qui allait avoir un enfant. Elle se dit que la vieille pièce à l'arrière de la maison ferait une belle chambre d'enfant, mais qu'il fallait la nettoyer d'abord. Elle ôta les toiles d'araignée, lava le sol, lessiva les murs et s'arrêta en nettoyant la fenêtre, car elle vit un jardin qu'elle n'avait encore jamais vu. Enfin, pas tout à fait un jardin, plus exactement un terrain vague que se partageaient vieilles bouteilles, mauvaises herbes et une voiture juchée sur des parpaings à la place des roues. Mais dans un coin, on avait planté des raiponces. La femme pensa tout à coup qu'une salade ferait un parfait déjeuner. Puis elle se dit qu'il n'existait rien au monde dont elle ait plus envie qu'une salade. Puis elle se dit que si elle ne mangeait pas une bonne raiponce fraîche, elle en mourrait. Alors elle s'alita et se prépara à mourir.

Son mari rentra du travail.

– Qu'est-ce qui ne va pas, ma chérie ? demanda-t-il, inquiet de la voir si malade.

– Je meurs d'envie de ces raiponces que j'ai vues dans le jardin derrière la maison, soupira la femme.

Cet aveu ne rassura en rien le mari, qui savait que les salades et le terrain sur lequel elles poussaient appartenaient à un ogre.

– Tu ne veux pas plutôt des légumes nains ? proposa-t-il. Ils sont en promotion chez le marchand de primeurs.

Mais non, elle n'en voulait pas, ni des endives, ni des radis. Ce serait de la raiponce de chez l'ogre, ou elle passerait dans l'autre monde. Il ne resta plus au mari qu'à sortir, escalader la barrière fermée par une chaîne et ramener une salade à sa femme. La raiponce eut sur elle un effet rédempteur.

Le lendemain, le mari rentra du travail et la trouva encore au lit.

– Quoi ? cria-t-il.

– De la salade, soupira-t-elle.

Pensant que s'il lui en ramenait plusieurs cette envie lui passerait peut-être, il sortit, muni d'un sac à provisions, et escalada la barrière fermée par une chaîne. Il avait à demi rempli son sac quand une ombre s'abattit sur lui. Il leva la tête et constata qu'elle appartenait à l'ogre.

– Que fais-tu ? questionna l'ogre.

– Rien, répondit le mari.

– Si, rétorqua l'ogre, les sourcils froncés, pas très joli à voir. Tu voles mes salades et je t'y prends. Voyons si tu devines ce qui va se passer maintenant.

Il se saisit d'une salade et la réduisit en purée.

– Pitié ! cria le mari, ce qui revenait à crier « De l'eau ! » dans le désert.

– Commotion cérébrale, contra l'ogre en empoignant fermement la chemise du mari et en agitant un gigantesque poing. Service des urgences. Chirurgie esthétique.

– Ce ne sont que des salades, protesta le mari. Ma femme a une fringale, elle est enceinte.

– Enceinte ? répéta l'ogre.

Une idée lui vint peu à peu à l'esprit – un long voyage.

– Bien, petit homme, dit-il enfin. Tu m'as pris quelque chose, alors je vais te prendre quelque chose. Ton bébé.

– Monstre, s'étrangla le mari.

– T'emballe pas, répliqua l'ogre. Je ne veux pas le manger. Je veux l'élever pour en faire un ogre, comme moi.

Le mari discuta et argumenta, mais combien de chances avait-il face à un ogre ? Très peu. Il rapporta son sac à provisions à sa femme et lui exposa l'horrible marché. Elle se consola avec les salades.

À la naissance du bébé – un garçon – l'ogre était là pour le prendre. En recevant son trophée, il grimaça et dit :

– Il s'appellera…

– Raiponce, l'interrompit la femme.

Ce fut donc Raiponce et non Sluggo, comme l'aurait voulu l'ogre. Il l'emporta et, ni la femme ni son mari ne le revirent jamais.

L'ogre emmena l'enfant dans une cabane de chasse qu'il possédait et commença son éducation d'ogre. Mais dès le départ, Raiponce fit preuve de résistance. Malgré tous ses efforts, l'ogre ne parvint pas à apprendre au garçonnet à écraser les petits lapins au lieu de les caresser et les câliner.

– Comme ça, disait l'ogre sur un ton enjôleur, joignant le geste à la parole. C'est ainsi que font les ogres.

Quand il fut assez grand pour parler, Raiponce commença à exprimer ses vues sur le sujet.

– Je crois que je ne suis pas un ogre, disait-il.

– Bien sûr que si, se moquait l'ogre. Tu es un ogre, comme moi.

Raiponce n'était pas convaincu. Il ne jouait jamais avec les camions ou les pistolets que l'ogre lui offrait pour son anniversaire et préférait se fabriquer des poupées en tissu ou, quand l'ogre les mangeait, d'immenses colliers de fleurs sauvages. Pendant la saison de football, quand l'ogre insistait pour que le garçon s'installe avec lui devant la télévision – ce qui lui semblait une éternité –, Raiponce se perdait en rêveries.

– Fais attention ! disait brusquement l'ogre. Les ogres adorent le foot. Où est le quarterback ?

– Je n'en ai pas la moindre idée, répondait le garçon avec lassitude. Je crois que je ne suis pas un ogre.

– Mais si !

L'ogre était secrètement fasciné par le garçon, qui ne ressemblait à rien de ce qu'il connaissait. Mais, peu enclin à l'introspection, il ne s'en rendait pas compte. Toutefois, cette fascination l'influençait. Si bien que, tout en essayant d'obliger Raiponce à se comporter en ogre, il négligeait de lui en donner l'apparence. Et, alors que tous les ogres arboraient une coupe en brosse, traditionnellement effectuée à l'aide d'un couteau de poche au dessus de l'évier, il ne coupait jamais les cheveux du garçon. Ceux-ci poussèrent donc tout au long de son enfance et lorsque Raiponce fut devenu jeune homme, sa longue chevelure ondulée flottait derrière lui comme un étendard dans la brise légère.

Et, tandis que poussaient les cheveux de Raiponce, la frustration et l'impatience de l'ogre grandissaient. Un soir, il ramena à la maison un sac de toile qu'il déposa sur la table de la cuisine et dont le contenu gigotait, s'agitait et braillait très énergiquement.

– Ceci, dit l'ogre par dessus le bruit, est le plat traditionnel favori des ogres. J'ai eu beaucoup de mal à nous le procurer. Fais-en un ragoût.

Puis il s'en fut à pas lourds dans son antre regarder le journal télévisé.

Quand Raiponce ouvrit le sac, un garçon affublé de lunettes à double-foyers en sortit, un livre de poésie sous le bras.

– Ne me mange pas ! s'écria le garçon.

– Ne sois pas ridicule, répondit Raiponce. Bien sûr que je ne vais pas te manger.

Il le fit sortir par la porte de derrière, fit un ragoût avec le sac de toile et appela l'ogre pour dîner.

L'ogre chercha dans la marmite et ne trouva que le sac de toile.

– Je n'ai pas eu de chochotte, se plaignit-il.

Puis sa mine s'éclaira.

– Ne me dis pas que tu l'as mangée à toi tout seul, accusa-t-il gaiement. Je savais bien que ça te plairait. Aucun ogre ne résiste à la chochotte !

– Non, je n'ai pas mangé ce gamin, répliqua Raiponce. Je ne l'ai même pas fait cuire. Je l'ai laissé partir.

Ce fut la goutte d'eau qui fit déborder le vase.

– Mon jeune ami, mugit l'ogre, tu es un ogre et je vais t'enfermer dans une tour sans porte en plein milieu de la forêt jusqu'à ce que tu conduises en ogre !

Et comme il possédait justement une telle tour – acquise comme toutes ses propriétés avant la flambée des prix, longtemps auparavant – il y emmena Raiponce et l'enferma tout en haut. À partir de ce jour, il lui rendit visite chaque matin, pour voir s'il était prêt à se conduire en ogre. Mais Raiponce ne l'était jamais.

N'ayant pas de porte, la tour n'avait naturellement ni escalier, ni ascenseur non plus. Quand l'ogre voulait le voir, il se postait au pied de la tour et criait :

Ohé, Raiponce,
Raiponce de la tour !
Lance-moi tes cheveux
Que je monte à mon tour.

Alors, Raiponce enroulait ses longs cheveux ondulés une ou deux fois autour d'un crochet planté au dessus de l'unique fenêtre et les laissait tomber en une longue cascade noire. L'ogre y grimpait, une main après l'autre.

Un matin, tandis que l'ogre approchait de la tour, un prince le vit. Ce prince, qui s'appelait Sean, se dit qu'il serait peut-être amusant de suivre l'ogre sans bruit pour voir ce que cette brute épaisse fabriquait et lui jouer un tour si l'occasion s'en présentait. Sean avait vingt-trois ans, il était très beau et prenait garde de s'amuser constamment. Son père étant le roi, tout ce à quoi il souriait lui souriait en retour et le monde était beau.

L'ogre se posta au pied de la tour et Sean derrière un arbre, pour l'épier.

Ohé, Raiponce !
Raiponce de la tour, beugla l'ogre.

Un beau jeune homme apparut à la fenêtre.

– Joli, nota Sean pour lui-même. Mais comment faire pour grimper là-haut ?

L'instant d'après, une cascade de cheveux noirs et soyeux se déversaient le long du mur. Sean retint sa respiration : il adorait les cheveux longs. L'ogre grimpa et, n'ayant pas grand chose à dire à son prisonnier, redescendit avant de s'éloigner pesamment dans la forêt.

Sean sortit de sa cachette et appela doucement :

Raiponce !
Raiponce de la tour,
tes cheveux
mènent aux cieux.

Ce n'était pas tout à fait ce qu'avait dit l'ogre, mais la différence ne devait pas être bien grande. Les longs cheveux de Raiponce descendirent et, quand Sean les prit dans ses mains, un long frisson le parcourut. En un rien de temps, il était au sommet de la tour et enjambait la fenêtre de la prison de Raiponce.

– Vous n'êtes pas l'ogre, observa Raiponce.

– Sans rire, s'esclaffa Sean.

Il ouvrit les bras pour bien lui montrer l'étendue de son rayonnement.

– Mais je ferai peut-être l'affaire, suggéra-t-il.

Raiponce fondit. Ils remontèrent ses cheveux et passèrent toute la journée ensemble, au comble de la félicité. Quand vint le soir, Sean embrassa Raiponce et lui promit de revenir le lendemain à l'aube.

Ce qu'il fit, juste à la suite du départ de l'ogre, puis le jour suivant, puis tous les jours d'après. Pour Raiponce, ces jours furent paradisiaques et, pour Sean, il furent bien agréables aussi. Ils passaient des heures dans les bras l'un de l'autre et Sean lui racontait des histoires du royaume de son père, et qu'il l'y emmènerait un jour, et que tous deux y seraient heureux pour toujours. Ce n'est pas que Sean ne pensait pas ce qu'il disait, mais il était à l'âge où l'on pense que les projets se réalisent si l'on en parle suffisamment. Et d'ailleurs, tout n'allait-il pas bien ainsi ? Raiponce le pensait en tout cas et, tout autour de la tour où il était encore retenu prisonnier, poussaient des pieds de raiponce bien verte.

Mais un matin, l'ogre franchit la fenêtre alors qu'il rêvait encore à son amant.

– Comment se fait-il que tu mettes tant de temps pour escalader la tour ? Sean le fait en un rien de temps, dit-il tout haut sans réfléchir aux conséquences de ses paroles.

– Qui est Sean ? voulut savoir l'ogre.

– Le prince qui vient me voir, répondit Raiponce.

– Tu es malade ? s'enquit l'ogre. Un ogre ne reçoit pas les princes, il les réduit en bouillie.

– Oh, mais je ne pourrais jamais réduire en bouillie un homme qui embrasse aussi bien que Sean, affirma Raiponce.

L'ogre était absolument scandalisé.

– Tu te laisses embrasser par un prince ? mugit-il. Voilà la chose la plus écœurante que j'aie jamais entendue de ma vie ! Tu n'es pas un ogre !

– Mais je te l'ai toujours dit, non ? répliqua Raiponce. Et maintenant, puis-je quitter cette tour ?

– Je ne veux de toi dans aucune de mes tours, mon gars, gronda l'ogre. Mais d'abord, j'ai quelque chose à faire.

Les cheveux de Raiponce étaient encore enroulés autour du crochet de la fenêtre. L'ogre sortit un couteau de poche et fit au jeune homme sa première brosse. Puis il le jeta sur son épaule, descendit au bas de la tour et l'emmena dans un pays lointain où la vie était franchement désagréable et où personne ne fut heureux de le voir. Puis l'ogre rentra précipitamment à la tour, afin d'y accueillir Sean comme il se devait.

Il n'eut pas à attendre longtemps. Sean appela vite :

Raiponce !
Raiponce de la tour !

Les cheveux de Raiponce dégringolèrent au bas de la tour. Ils parurent étranges et sans vie à Sean, mais il se dit : « Je lui apporterai du baume revitalisant demain », puis il grimpa. Arrivé à la fenêtre, il vit l'ogre.

– Hé ! Vous n'êtes pas Raiponce, protesta Sean.

– Mais si, dit l'ogre. Entre, je vais te donner un coup de main.

Il saisit Sean par le col de sa chemise et le projeta contre le mur.

– Mon fils aurait fait le pire ogre jamais vu, grogna-t-il, les poings serrés. Mais tu l'as détruit, alors je vais te détruire aussi.

– Essaye, gros tas, cria Sean, qui faisait de la musculation régulièrement et avait confiance en lui.

Il écrasa son poing sur la mâchoire de l'ogre.

Malheureusement, les ogres aiment la violence, même dirigée contre eux, si bien que ce coup eut pour seul effet de décupler les forces de l'ogre.

– Tu frappes comme une tapette, railla-t-il.

Puis il ajouta :

– Espèce de dégénéré.

Et il broya l'épaule de Sean d'un bon coup de poing.

Ayant été élevé toute sa vie comme un prince, Sean n'avait jamais entendu qui que ce soit lui parler de la sorte. À sa grande surprise, il en perdit toute la force qu'il avait dans le bras. L'ogre le remarqua très vite et en profita.

– Dégénéré ! cria-t-il gaiement en bourrant de coups le prince consterné. Dégénéré, dégénéré, dégénéré !

Sean lutta aussi longtemps qu'il put, mais, quand l'ogre lui envoya son poing dans un œil, puis dans l'autre, sa vision s'obscurcit et ses nerfs craquèrent. Esquivant les coups, il se traîna à la fenêtre et sauta. Heureusement, il atterrit sur les salades qui poussaient au pied de la tour, évitant une fin certaine. Il s'enfuit loin dans la forêt, où il passa beaucoup de temps à guérir.

Il recouvrit sa force et se mit en route pour retrouver Raiponce, mais sa vision demeura obscurcie suite aux coups portés par l'ogre. Partout où il regardait il voyait les ténèbres – la cruauté et la trahison, le fort se nourrissant du faible avant de servir de pâture à plus fort encore – un monde où seul le chien dévorant son semblable survivait jusqu'au lendemain. Sean décida de faire partie des chiens qui survivaient. Il devint dur, il devint amer, il devint fier de l'être, et ne compta plus personne au nombre de ses amis.

Mais s'il ne voyait plus les choses en prince, les autres le considéraient encore comme tel. Il allait de village en village et il se trouvait toujours quelqu'un pour voir en lui celui qui, dans son histoire, vivait éternellement heureux. Il lui donnait son cœur sur-le-champ. Sean n'avait que faire des cœurs mais prenait argent, montres et tout objet de petit taille aisément monnayable avant de poursuivre sa route. Il finit par oublier que le but de son errance était de retrouver Raiponce et, s'il s'était demandé pourquoi il était toujours sur les routes, il aurait répondu que l'unique façon de survivre dans un monde aussi noir était de se déplacer sans répit. Sean errait donc.

Pendant ce temps, dans le pays lointain, Raiponce avait trouvé un moyen de subsister et menait une vie tranquille. On l'avait chargé de collecter des ordures, peut-être à cause de son statut d'étranger ou de sa différence, ou – qui sait ? – parce que les habitants avaient du sang d'ogre. Chaque matin, Raiponce conduisait un vieux camion brinquebalant par les rues des villages. Les enfants annonçaient son arrivée en criant : « L'éboueur, l'éboueur, c'est la poubelle de tout le monde » et en jetant des pierres sur le camion et sur lui, si bien qu'il apprit à garder la tête baissée. Les villageois sortaient alors tout ce dont ils voulaient se débarrasser et le jetaient dans la benne. Il y avait d'horribles choses cassés dont ils avaient héritées de leurs parents et qu'ils n'étaient jamais parvenus à réparer. Ils les dissimulaient au regard de leurs épouses au fond d'un tiroir, derrière des chaussettes dépareillées, et leurs voisins n'en soupçonnaient même pas l'existence. Tout cela partait dans la benne. Puis, étrangement soulagé, chacun criait avant de rentrer chez soi : « Retourne à ta décharge ». Et Raiponce repartait vers sa décharge, vidait le camion et rentrait dans la petite cabane érigée là pour lui tenir lieu de maison. Cette décharge se situait au sommet d'une colline, si bien que les horribles choses avaient tendance à dévaler la pente jusque chez les villageois, et tout était à recommencer le lendemain. Mais Raiponce était là pour cela.

Tous les soirs, il fermait sa porte, tirait les rideaux en lambeaux et allumait une bougie. Il fixait la flamme, se remémorait le visage de Sean et son bonheur d'antan, quand un prince l'aimait. Il se disait que Sean était quelque part dans le monde, qu'ils se retrouveraient un jour et que Sean tiendrait la promesse faite dans la tour. Puis Raiponce se perdait dans de longs rêves qui parlaient de sa vie future, quand Sean le tirerait de sa décharge pour l'emmener au royaume de son père. Raiponce attendait donc.

Et comme la terre est ronde, l'errance de Sean le conduisit un jour aux abords de la décharge où l'attendait Raiponce. Celui-ci s'efforçait de sortir du camion un lit nuptial abîmé, il leva les yeux et vit son bien-aimé. Sean ne le reconnut pas, car ses yeux étaient encore remplis de ténèbres. Mais il reconnut l'expression sur son visage.

– Comment ça va ? fit-il en gratifiant Raiponce d'un sourire éclatant comme l'or et dur comme l'acier.

Raiponce comprit que Sean ne l'avait pas reconnu. Aussi se persuada-t-il d'avoir beaucoup changé.

– Ça va, répondit-il tristement tout en traînant le lit sur un amas de cochonneries.

– Il faut que je trouve un endroit où dormir cette nuit, dit Sean comme s'il annonçait à ce garçon charmant mais curieusement indifférent qu'il venait de gagner au loto.

Raiponce se frotta les mains pour les épousseter.

– Tu peux rester ici, si ça ne te fait rien de dormir dans une décharge, répondit-il.

– Ce serait dommage pour moi, le monde entier en est une, répliqua sinistrement Sean.

Ils entrèrent dans la cabane. Raiponce partagea son repas avec lui, conformément aux attentes de Sean et lui proposa son lit quand il fut l'heure de dormir.

– Bon, dit Sean avec un sourire qui signifiait : « Ce soir, tu peux tout avoir, à condition que j'en aie envie ».

Il alla se mettre au lit dans la chambre minuscule et attendit que Raiponce le rejoigne. Il attendit, attendit encore et encore, puis s'endormit.

Quand il se mit à ronfler, Raiponce entra et resta debout à regarder son malheureux ami, qui avait bien davantage besoin d'être sauvé que lui-même. Mais comment sauver celui qui prend le monde entier pour une décharge, et vous-même pour une ordure, de surcroît ? Raiponce en savait long sur les ordures et ne voyait donc pas comment accomplir cela. Sean était perdu. Perdu mais là. Il se mit à pleurer.

Il pleura en silence mais en abondance. Ses larmes éveillèrent son ami en tombant sur son visage. Sean ouvrit les yeux et d'autres larmes tombèrent dedans. Les larmes de Raiponce étant extrêmement salées, Sean ressentit une brûlure. Il secoua la tête, cligna des yeux et les frotta de ses poings pour les soulager. Sa vision s'éclaircit alors. La pièce était plongée dans l'obscurité totale, mais ces ténèbres-là étaient tout à fait ordinaires et il reconnut Raiponce, penché au-dessus de lui.

– Où étais-tu ? s'écria-t-il en ouvrant les bras. Je t'ai cherché partout.

– Là, répondit Raiponce en riant et en plongeant dans l'étreinte de son ami. J'ai toujours été là.

Au matin, ils refermèrent la porte de la cabane derrière eux et quittèrent la décharge sans lui accorder un regard. S'ils l'avaient fait, ils auraient vu qu'elle s'était changée en potager pendant la nuit et que d'innombrables salades y étincelaient de rosée sous le soleil levant, comme parées de diamants. Ils cheminèrent ensemble jusqu'au royaume du père de Sean, où le vieux roi les accueillit et remarqua que son fils, où qu'il ait pu aller durant tout ce temps, était devenu plus solide et plus apte à gouverner. Il en fut heureux, car il avait naguère douté de ses capacités à diriger un royaume.

Des années plus tard, Raiponce et Sean, qui était alors roi, vinrent à traverser une contrée désolée du royaume. Ils passèrent devant un bar miteux au moment où l'ogre en sortait d'un pas titubant après y avoir dépensé son dernier dollar devant une bière et la télévision. Il fut pris d'un terrible accès de rage en les voyant.

– Espèces de dégénérés ! brailla-t-il.

Puis il disparut au coin de la rue, sans plus se soucier de son diagnostic. Mais sa santé déclinait et il avait produit un effort trop important. Tandis que les mots tombaient de sa bouche, une quinte de toux lui coupa le souffle et ne le lui rendit pas. Il s'écroula et fut instantanément changé en pierre. Et si le vent et la pluie ne l'ont pas encore érodé, il sert toujours de perchoir aux pigeons.

Les Deux Voyageurs

Un coiffeur, congédié après avoir travaillé de nombreuses années dans le même salon, s'en fut de par le monde en quête d'un nouvel emploi. Il pénétra dans une forêt. Chemin faisant, il rencontra un moniteur de musculation en rupture de clientèle.

– Puisque nous allons dans la même direction, dit gaiement le coiffeur, pourquoi ne pas faire route ensemble ? Le trajet paraîtra deux fois moins long.

Le moniteur ne fut pas transporté de joie à l'idée d'avoir un coiffeur pour compagnon. De quoi aurait-il l'air si une connaissance les voyait et les prenait pour des amis ? Mais la forêt étant vaste et le sentier désert, le moniteur haussa les épaules et répondit de sa voix la plus bourrue :

– Bon, mais pas de mains baladeuses !

À son tour, le coiffeur haussa les épaules et dit :

– Mais, mon cher, on essaiera.

Bientôt, le sentier se dédoubla et ils étudièrent la direction à prendre. Le moniteur observa que le sentier principal allait en ligne droite, tandis que celui de gauche serpentait entre les arbres et disparaissait rapidement. Se prenant pour le chef en vertu de sa plus grande taille et de son austérité, il déclara :

– Nous prendrons le chemin qui va tout droit. Il nous conduira sûrement dans un endroit valable.

Cependant, après des années de mini-vagues, permanentes et bigoudis, le coiffeur savait bien qu'il ne fallait pas se fier aux apparences. Il examina donc attentivement les deux sentiers et s'aperçut que celui qui menait tout droit se couvrait peu à peu de mousse verte tandis que celui qui serpentait était bien entretenu.

– Je suis certain que la promenade est agréable de ce côté, mon cher, dit-il avec tout le tact possible, mais si nous voulons vraiment arriver quelque part, je pense que le chemin de gauche est le plus adéquat.

Le moniteur de musculation n'allait pas recevoir d'ordres d'un coiffeur car cela ne pouvait le mener que dans un endroit répugnant. Il se renfrogna et dit :

– Le chemin rectiligne est le bon et c'est celui qui me convient.

Il s'engagea donc à droite.

Le coiffeur soupira et prit à gauche. Au bout d'un moment, il parvint à un village, prit une chambre à l'auberge, dîna et fit une bonne nuit de sommeil. Le lendemain matin, les pieds endoloris et boueux, le moniteur arriva au village d'un pas pesant. Son sentier l'avait conduit à un marécage où sa lourde musculature l'avait handicapé. Il s'était enlisé à maintes reprises, passant d'un trou d'eau à l'autre, et avait fini par rebrousser chemin pour emprunter la voie de gauche. Voir son compagnon de route confortablement assis au soleil sur la place du village ne fit rien pour l'inciter à apprécier davantage le coiffeur.

En revanche, ce dernier fut heureux de le retrouver et insista pour qu'il prenne le petit déjeuner à l'auberge et pour lui raconter tous les potins du village.

– Alors, devinez ? demanda-t-il à bout de souffle, tandis que le moniteur terminait son troisième bol de céréales. Le roi recherche un coiffeur et un moniteur de musculation. C'est une aubaine pour vous et moi, non ?

Ils résolurent d'aller ensemble au château du roi et comme celui-ci était à plusieurs jours de marche, d'acheter et de transporter chacun ses provisions.

Le moniteur acheta une cargaison de Muscle Growth 5000, de boissons protéinées, de carottes, de germes de blé et de flocons d'avoine, portant le tout sans effort sur son dos.

Le coiffeur ne prit qu'une baguette, un morceau de brie et quelques grappes de raisin enveloppés dans du papier blanc.

– Ce ne sera pas suffisant, dit le moniteur sur un ton de reproche.

– Oh, j'ai un petit appétit, affirma le coiffeur. Mais nous passerons bien devant un bistrot sympathique ou une pâtisserie. Et si les choses en venaient au pire, je suis certain que vous ne me laisseriez pas mourir de faim.

– Mais si, démentit le moniteur.

– Vous, alors ! Toujours à jouer les durs, dit en riant le coiffeur sans le croire un instant.

Ils s'enfoncèrent dans les bois.

Ce jour-là, ils mangèrent tous deux, mais le suivant, le moniteur dîna seul. Le troisième jour, ils n'avaient toujours pas vu de petit bistrot sympa et le coiffeur demanda au moniteur une boisson protéinée. Ce dernier refusa d'une voix cassante :

– Mon apport en calories doit rester constant.

Le quatrième jour, le coiffeur réitéra sa demande.

– Il faut que je mange, mon cher, expliqua-t-il fort logiquement.

Mais le moniteur lui en voulait de ne pas avoir suivi ses conseils avisés, d'être toujours gai et de s'obstiner à l'appeler « mon cher ».

– Bon, vous voulez une boisson protéinée ? s'enquit-il. Alors, en échange, donnez-moi un œil.

– Un œil ? s'exclama le coiffeur. Vous plaisantez ?

– J'en ai l'air ? cingla le moniteur.

Le coiffeur dut admettre que non et s'étonna même de n'avoir pas remarqué avant à quel point le moniteur était sérieux.

– Un coiffeur borgne, ce n'est pas très heureux, dit-il. Mais un coiffeur mort, ça l'est encore moins.

Il lui donna donc un œil et reçut en échange une boisson protéinée. Le moniteur mit l'œil dans sa poche.

Le lendemain, le coiffeur réclama une barre protéinée. Dépité de constater que la perte d'un œil n'avait pas assombri l'humeur de son compagnon de voyage, le moniteur dit, la main tendue :

– Donnez-moi votre deuxième œil.

– Un coiffeur aveugle ? soupira le coiffeur. Enfin, je pourrai peut-être apprendre à couper les cheveux en braille.

Il donna son œil en échange de la barre protéinée. Le moniteur mit l'œil dans sa poche, avec le précédent. Puis il passa une corde autour du cou du coiffeur et le conduisit à travers bois.

S'il avait cru qu'enfin l'humeur du coiffeur s'en trouverait affectée, il en fut pour ses frais. Le coiffeur avait beau trébucher et tomber, ce dont le moniteur s'assurait aussi souvent que possible, il disait « youp la boum » et se relevait. Il apprit vite à garder son équilibre.

– Pourquoi êtes-vous si gai ? finit par demander le moniteur.

– Je l'ignore, avoua le coiffeur. Il y a toujours quelqu'un pour vous demander de lui faire une beauté sur une permanente maison ratée ou des cheveux trop fins. Alors on apprend à tirer le meilleur parti des pires situations.

– Vraiment ? fit le moniteur.

Il le fit asseoir sous un arbre mort, attacha la corde au tronc et dit :

– Voyons ce que vous tirerez de celle-ci.

Puis il s'en fut, heureux d'avoir finalement pris le dessus sur son agaçant compagnon.

Mais le coiffeur se trouvait précisément à l'endroit où trois trolls avaient un jour surpris et tué un homme. Et là où le sang de cet homme avait coulé, une plante avait poussé. On aurait dit un trèfle, avec de petites fleurs roses triangulaires. Tandis qu'assis sur cette plante, le coiffeur se disait qu'il n'en serait pas là s'il n'était pas devenu aveugle, deux corbeaux se posèrent sur une branche de l'arbre.

– On dirait bien que les choses vont mal pour lui, dit le premier corbeau.

– Très mal, confirma le second. Dommage qu'il ne soit pas plus gras.

– Dommage qu'il ne sache pas sur quoi il est assis, reprit le premier.

– C'est-à-dire ? s'enquit le second.

– Les fleurs, dit le premier. S'il les écrasait et se frottait les orbites avec le jus, il aurait des yeux tout neufs en un rien de temps.

Après des années passées à écouter les potins en coupant des cheveux, le coiffeur avait acquis la capacité de comprendre n'importe quoi dès lors qu'il se concentrait. Il cueillit quelques fleurs, les écrasa entre ses doigts, et en appliqua le jus sur ses orbites vides. Il eut instantanément de nouveaux yeux, plus perçants encore que les anciens. Les corbeaux furent tellement stupéfaits qu'un humain ait compris leur conversation qu'ils s'envolèrent en coassant :

– Quoi, quoi, quoi ?

Le coiffeur ôta la corde de son cou et poursuivit son chemin.

Au bout d'un moment, il vit un noisetier dont les fruits sombres étaient assez mûrs pour être mangés.

– Oh, oh, des noisettes, s'émerveilla-t-il. Exactement ce qu'il faut à un coiffeur affamé.

Il tendit la main pour en cueillir.

Au même instant, une maman écureuil qui faisait son nid dans l'arbre détala sur une branche.

– Mais que faites-vous ? demanda-t-elle.

– Je vais manger un petit quelque chose, ma chère, répliqua le coiffeur. Merci de poser la question.

– Oh, non, non, ne faites pas ça, susurra la maman écureuil.

Sa nervosité était si grande qu'elle ne cessait de passer et repasser ses petites pattes noires sur sa tête.

– Mais pourquoi ? s'enquit le coiffeur.

– C'est le seul noisetier à des lieues à la ronde, répondit l'animal. Mes bébés ont besoin de tous ses fruits. Si vous en prenez, ils mourront de faim. Je vous en prie, ne faites pas mourir de faim mes bébés !

Puis elle se mit à pleurer, assez bruyamment pour une aussi petite créature.

– Bon, bon, d'accord, dit le coiffeur sur un ton rassurant. Je trouverai autre chose à manger.

Jamais il n'aurait imaginé que des bébés écureuils auraient eu besoin de toutes les noisettes d'un arbre aussi grand. L'animal le remercia avec effusion et il poursuivit son chemin.

Il arriva près d'une mare où une cane s'était construit un nid et couvait ses œufs blancs.

– Formidable, dit-il.

Puis il poussa la cane du pied hors de son nid.

– Qu'avez-vous en tête ? s'enquit la cane nerveusement.

– Je n'ai pas très bien mangé ces derniers jours, répondit-il. Je pensais emprunter quelques œufs et, bon… vous voyez.

– Emprunter ? cria la cane en s'agitant. Emprunter mes bébés ? Pourquoi faire ? Une omelette, c'est ça ? Une frittata ? Une quiche ? Oh, je vous en prie, monsieur, n'empruntez pas mes bébés.

Elle se mit à pleurer tant et tant que les larmes coulaient sur son bec et sur ses plumes.

– Ciel, ma chère, se hâta de dire le coiffeur pour la réconforter. Je ne sais ce qui m'est passé par la tête. Je trouverai autre chose à manger.

– Dieu vous bénisse, monsieur, dit la cane en reniflant.

Et le coiffeur poursuivit son chemin.

À force de jeûner et de dormir dehors, il commença à éternuer.

– Allons bon, dit-il. Voilà que j'ai attrapé un rhume.

C'est alors qu'il passa devant un oranger dont les fruits étaient si mûrs qu'ils étaient presque rouges.

– Parfait, dit-il. Un jus d'orange frais me fera du bien.

Il tendit la main vers une orange.

Une toute petite voix se fit alors entendre.

– Que faites-vous ?

Le coiffeur regarda autour de lui, mais ne vit personne.

– Qui est là ? demanda-t-il.

– Moi, répondit la toute petite voix. Je suis le bacille du rhume et vous savez parfaitement qu'un jus d'orange frais me tuera. S'il vous plaît, réfléchissez. Dans deux ou trois jours au plus, je serai parti. Je ne fais que passer par vous.

– Ciel ! s'exclama le coiffeur, exaspéré. À ce rythme, je n'aurai absolument rien à manger. Mais, bon, il faut bien que tout le monde vive. Cela ne vous ennuie pas que je me mouche de temps en temps ?

– Autant que vous voudrez, répondit le bacille, magnanime. Et merci de votre délicatesse.

Le coiffeur éternua deux fois et poursuivit son chemin.

Il parvint enfin au château du roi. Il expliqua au portier la raison de sa présence et fut conduit au salon du roi. Celui-ci était fort joliment équipé d'une chaise en forme de trône, d'un excellent éclairage et de mousses et gels de coiffage en quantités plus généreuses que le coiffeur n'en avait jamais vues. Le roi entra et prit place sur la chaise.

– Je veux changer de tête, dit-il.

– Certainement, répondit le coiffeur.

Il plaça une serviette autour du cou du roi, veillant à bien en disposer les plis.

– Qu'est-ce que ce sera, aujourd'hui ?

– Je ne sais pas, grommela le roi en regardant son reflet d'un air très contrarié. Servez-vous de votre imagination. Si votre travail me plaît, je vous engage. Sinon, je vous fais décapiter.

– Voilà qui est motivant ! dit le coiffeur avec jovialité. Commençons par un shampooing. Permettez que j'ôte ceci ?

Il enleva sa couronne au roi, la mit de côté, fit tourner la chaise et l'inclina doucement pour que la tête du souverain repose sur le bac.

– Vous avez un cheveu facile à travailler, observa-t-il tout en lui massant le crâne sous l'eau chaude.

Il lui fit une brosse très seyante, lui tailla la moustache pour dégager la bouche et la barbe pour souligner la ligne maxillaire. Ce faisant, il amusa le roi d'un flot de compliments discrets et d'anecdotes saupoudrées de méchanceté. Son travail achevé, il l'épousseta et lui présenta un miroir.

– Voilà, dit-il d'un ton satisfait. Vous êtes superbe.

– Oui, n'est-ce pas ? renchérit le roi en prenant le miroir pour vérifier derrière et sur les côtés. Votre travail me plaît. Vous êtes le nouveau barbier royal.

Le coiffeur poussa un soupir de soulagement et demanda s'il pouvait prendre un petit déjeuner. Les jours suivants, le roi vint chaque matin se faire rafraîchir. Il s'attardait pour parler potins et soins de beauté.

Mais le moniteur de musculation avait été le premier à atteindre le château. Il s'était assuré un emploi en affirmant au roi qu'étant l'homme plus important et le plus puissant du royaume, son corps devait par conséquent être le plus imposant et le plus puissant.

– Gouverner un royaume est chose sérieuse, avait-il dit. Il faut augmenter votre masse musculaire et éliminer toutes les parties grasses du corps pour le rendre dur comme du granite. Comme cela.

Il avait bandé les muscles de ses bras massifs. Le roi avait déclaré qu'il voulait justement développer sa force et sa musculature, persuadé – comme le sont parfois les rois – que ses bras seraient encore plus gros que ceux du moniteur au bout d'une ou deux semaines.

Mais il s'avéra que le roi n'aimait pas faire des efforts. L'aspect répétitif de l'entraînement l'ennuyait, l'absence de résultats immédiats l'impatientait, et la première fois que le moniteur tenta de le remotiver – ce qui, pour lui rendre justice, faisait partie de son travail – en disant : « On n'a rien sans rien » le roi répliqua vertement :

– C'est exactement ce que je disais au bourreau.

Le moniteur battit immédiatement en retraite. Il devint frustré, inquiet pour son emploi et même pour sa vie si les résultats promis ne venaient pas.

L'arrivée du coiffeur n'arrangea pas les choses. Le moniteur ne comprenait pas comment il était sorti de la forêt ni pourquoi son cadavre n'avait pas servi de déjeuner à quelque bête sauvage. Et quand il s'aperçut que son rival l'avait supplanté dans les grâces du roi, il sut qu'il devrait l'écraser sans tarder. Pour son bien, mais aussi celui du souverain, car quelle influence pouvait bien exercer un coiffeur sur un homme qui gouvernait un royaume ? Assurément négative.

Or, il savait que le roi souffrait de se voir vieillir. Un jour, tandis qu'il l'aidait à se placer sur le banc de développés-couchés, le moniteur lança :

– On m'a dit que votre coiffeur se vante de pouvoir rendre les rêves perdus.

– Vraiment ? fit le roi en indiquant d'un signe qu'il souhaitait se débarrasser de sa barre d'haltères. Envoyez-le chercher.

Quand le coiffeur arriva, le roi lui dit :

– Mon ami, on me dit que vous seriez capable de rendre les rêves perdus ? Cela fait des mois que je ne retrouve plus les miens. Si vous parvenez à me les retrouver, je vous en serai très reconnaissant. Mais je vous avertis : si vous échouez, j'en serai fort marri et vous ferai décapiter. J'attendrai jusqu'à la fin de la semaine.

Le soir, le coiffeur demeura seul dans sa chambre, à se lamenter sur cette tâche impossible. Soudain, il entendit des grattements provenant du rebord de la fenêtre et un jeune écureuil entra. C'était l'un des petits de la maman écureuil qui lui avait demandé de ne pas prendre de noisettes sur l'arbre.

– Que se passe-t-il ? s'enquit l'animal.

– Je dois retrouver les rêves du roi et les lui rendre d'ici une semaine, expliqua le coiffeur, la mort dans l'âme. Je n'ai pas la moindre idée de l'endroit où chercher et, si j'échoue, il me fera décapiter.

– Je vais voir ce que je peux faire, dit l'écureuil.

Puis il disparut dans un battement de queue.

Deux soirs plus tard, il était de retour.

– Je suis monté à la fenêtre de la chambre du roi, raconta-t-il. Il a un jeune amant. Chaque nuit, quand le roi dort, celui-ci sort du lit sans bruit et descend dans le hall rejoindre son autre amant, le capitaine des gardes. Le roi s'agite et se retourne dans son lit jusqu'au retour du jeune homme, juste avant l'aube. Voilà pourquoi il ne rêve plus.

Le coiffeur le remercia pour ces renseignements.

Le lendemain, quand l'amant du roi sortit pour aller à son rendez-vous de minuit et demie, le coiffeur se pencha vers le jeune homme et lui glissa à l'oreille :

– Vous connaissez la dernière ? Le beau capitaine des gardes s'est trouvé un nouveau petit ami. Tout le monde meurt d'envie de savoir qui c'est. Ce soir, nous allons tous faire le guet devant sa chambre. Palpitant, n'est-ce pas ?

Le garçon pâlit mais ne répondit rien. Cette nuit-là, ainsi que la suivante et celle d'après, il ne sortit pas du lit du roi. Ce dernier dormit profondément et fit de beaux rêves. Et, comme il ne voyait plus le capitaine des gardes, son amant redevint plus attentionné et plus affectueux, et le comportement du roi s'en trouva grandement amélioré. À la fin de la semaine, le roi fit appeler le coiffeur.

– J'ignore comment vous vous y êtes pris, avoua-t-il, mais mes rêves sont revenus, plus beaux que jamais.

Il récompensa généreusement le coiffeur, ce qui ne fit rien pour réconforter le moniteur de musculation, qui résolut de lui causer d'autres ennuis à la première occasion.

Le lendemain, tandis qu'il tenait les pieds du roi pendant que celui-ci faisait des abdominaux, il lança :

– On m'a dit que votre coiffeur savait rendre la jeunesse perdue.

– Non, vraiment ? haleta le roi en retombant avec un bruit sourd. Assez pour aujourd'hui. Envoyez-le chercher.

Quand le coiffeur arriva, le roi lui dit en sirotant de l'eau gazeuse :

– Mon ami, pourquoi voulez-vous garder vos dons pour vous seul ? Si vous savez rendre la jeunesse perdue, pourquoi ne pas me rendre la mienne ?

Ce soir-là, le coiffeur se lamenta dans sa chambre.

– Je pourrais le rajeunir un peu avec une nouvelle coupe, se dit-il. Atténuer ses cheveux gris. Bon, il faudrait faire un peu plus qu'atténuer. Je pourrais lui faire un masque au collagène. Mais comment pourrais-je lui rendre sa jeunesse ?

À cet instant, il entendit un battement d'ailes à la fenêtre et un jeune canard en pleine santé se posa sur le rebord. C'était l'un des canetons épargnés par le coiffeur.

– Que se passe-t-il ? demanda-t-il.

Quand le coiffeur lui eut expliqué sa situation, le canard dit :

– Je vais voir ce que je peux faire.

Il vola vers les douves du château et plongea dans l'eau. Des années auparavant, quand le roi était un petit prince, son père l'avait surpris en train de jouer avec une poupée de porcelaine. Indigné, le vieux roi la lui avait confisquée et jetée dans les douves. Le canard la retrouva tout au fond, dans la boue, et la remonta.

– Donne ceci au roi, dit-il au coiffeur en la lui remettant.

Le coiffeur nettoya la poupée, lui cousit une robe neuve faite à partir de sa taie d'oreiller en dentelle et la recoiffa. Le lendemain, il se présenta devant le roi.

– Alors, dit celui-ci d'une voix pleine d'espoir. Êtes-vous prêt à me rendre ma jeunesse ?

– Certainement, répliqua le coiffeur, priant le ciel en tendant la poupée au roi.

– Annabelle ! s'écria le roi, extasié. Oh, Annabelle, où étais-tu ? Quelle robe magnifique !

Il passa les heures suivantes à parler et à jouer avec elle, heureux comme un enfant. Puis il se souvint de récompenser généreusement le coiffeur. Le moniteur était furieux.

– Il faut que je trouve un truc que ce type ne saura pas faire, se dit-il.

Et il se mit à réfléchir au mieux de ses capacités. Or il savait que le roi souhaitait ardemment se faire construire un nouveau château, mais que la conjoncture économique ne s'y prêtait pas. Il savait aussi que, malgré toute son intelligence, le coiffeur ne pourrait jamais empiler des blocs de pierre les uns sur les autres.

– Car ceci est un travail d'homme, s'esclaffa-t-il.

Le lendemain, en regardant le roi faire du steppeur, le moniteur lança :

– On m'a dit que votre coiffeur pouvait construire un château exactement comme le vôtre en un jour.

Puis, pris d'une soudaine inspiration, il ajouta :

– À partir d'un seul grain de sable.

– Quel type incroyable, dit le roi en s'appuyant sur l'épaule du moniteur pour descendre de l'appareil. Cette machine n'est pas à sa place. De toute évidence, elle serait plus efficace au donjon. Rappelez-moi de la faire déplacer. Et envoyez chercher le coiffeur.

Ce qui fut fait.

– Mon cher ami, dit le roi, j'ai entendu dire que vous étiez capable de construire un château à l'identique de celui-ci à partir d'un seul grain de sable. Fort bien, voici un grain de sable. Ne me décevez pas.

Ce soir-là, le coiffeur resta dans sa chambre, le grain de sable en main.

– Je ferais sans doute mieux de me raser et de me couper les cheveux, murmura-t-il tristement. Ainsi, c'est une belle tête que l'on exposera sur les murs du château.

C'est alors qu'une toute petite voix se fit entendre :

– Que se passe-t-il ?

C'était le bacille du rhume. Quand le coiffeur lui eut parlé de son impossible tâche, le bacille dit :

– Je vais voir ce que je peux faire. Il faudra que j'appelle quelques amis. J'espère que cela ne vous dérangera pas, mais il risque d'y avoir un peu de bruit.

Et ce fut le cas. Toute la nuit, le coiffeur resta éveillé, à écouter le bruit de minuscules marteaux et perceuses, et les ordres que s'échangeaient de toutes petites voix. Au matin, le bacille l'appela et il alla voir à la table sur laquelle reposait le grain de sable, à l'endroit exact où on l'avait posé la veille.

– Oh, soupira le coiffeur, très désappointé. Eh bien, merci quand même d'avoir essayé.

– Contentez-vous de donner ce grain de sable au roi et dites-lui de le regarder au microscope, assura le bacille.

Le coiffeur se présenta devant le roi. À la vue du grain de sable, celui-ci haussa les sourcils, puis les laissa retomber, comme le couvercle d'un cercueil. Le moniteur sourit largement et banda tant les muscles qu'il doubla presque de volume. Le coiffeur leva la main.

– Si vous voulez bien l'observer au microscope, suggéra-t-il.

On en apporta un. Le roi observa de nouveau le grain de sable et fut stupéfait de découvrir qu'on l'avait sculpté à l'identique du château. Mais, plus étonnant encore, lorsqu'il régla l'agrandissement au maximum, il découvrit qu'on voyait à travers les fenêtres de la salle du trône, et qu'un roi lui ressemblant trait pour trait se penchait sur un microscope.

– Incroyable, dit-il. Dites-moi, si ce microscope était encore plus performant, verrais-je sous le microscope un grain de sable sculpté à l'identique d'un château ?

Le coiffeur baissa modestement les yeux et murmura :

– Je n'aime pas me vanter.

En demandant un château bâti à partir d'un unique grain de sable, le roi avait autre chose en tête, mais il fut ravi.

– À l'évidence, les talents de mon coiffeur sont hors du commun, se dit-il. Le royaume ne pourrait que bénéficier de son influence.

Il offrit alors au coiffeur une chaîne d'or et le nomma Conseiller Tonsorial Spécial et Conseiller Royal en Politique Intérieure.

Il décida aussi qu'il avait davantage besoin de s'assouplir que de se muscler, et abandonna la musculation pour se mettre au yoga. Le moniteur fut congédié. Sa rancœur envers le coiffeur le consumait.

– Je m'y suis mal pris, fulminait-il contre lui-même.

Il s'assit sous un arbre, non loin du château, bien décidé à attendre que le coiffeur s'aventure au dehors pour le casser en deux d'une seule main. Deux corbeaux vinrent alors se poser sur une branche de l'arbre. Le premier regarda le moniteur et dit :

– En voilà un qui cherche à nuire à autrui.

– Autrui pourrait bien nous servir de déjeuner, fit observer le second.

– Voilà qui est parlé, répondit le premier corbeau.

Et tous deux ricanèrent.

Le moniteur regarda alors les oiseaux, agacé par ces croassements qu'il aurait bien aimé faire cesser.

– Regarde, dit le premier corbeau, indigné. Encore un qui comprend ce que nous disons.

– Montrons-lui ce que nous faisons aux indiscrets, s'écria le second.

Ils fondirent sur le moniteur et lui prirent ses yeux d'un coup de bec avant de s'envoler au loin en croassant :

– Bien fait, bien fait, bien fait !

Le moniteur, en proie à la détresse et à la confusion, s'en fut en trébuchant dans la forêt, se cognant d'arbre en arbre, avant de se souvenir qu'il avait pris les yeux du coiffeur en échange de nourriture. Il les sortit de sa poche, ôta la ouate qui les enveloppait et les plaça dans ses orbites vides.

Il lui fallut un moment avant de s'accoutumer à voir le monde de manière aussi différente. Il y parvint néanmoins et vit tout d'abord ses mains. Elles semblaient aussi grandes et puissantes que d'habitude, mais avec quelque chose de comique en plus. Il comprit pourquoi en les examinant plus attentivement : malgré leur taille et leur force, elles ne lui avaient pas permis de prendre le dessus sur le coiffeur. Il en rit – c'était la première fois qu'il riait de lui-même, ce qui lui remonta considérablement le moral – puis il se dit qu'au lieu de chercher un nouvel emploi de moniteur, il ferait mieux de changer de métier. Peut-être kinésithérapeute.

Quant au coiffeur, il exerça son influence bienveillante et élégante sur tous ceux qu'il rencontrait et finit par occuper une place importante dans le royaume.

Le Perroquet d'Or

Il était une fois un roi qui, dans un jardin situé au centre de son château, faisait pousser des tournesols. Ceux-ci faisaient sa fierté et son bonheur. Le roi aimait marcher entre les rangées de longues tiges velues et regarder les fleurs féroces mais pâles, si semblables au soleil lui-même et si emblématiques d'une majesté qu'il aimait comparer à la sienne. Toutefois, il arrivait qu'en se promenant dans son jardin avant le petit déjeuner le roi trouvât à son grand écœurement un rosier qui avait poussé durant la nuit. Les roses étaient parfois d'un rouge profond et passionné, parfois d'un rose délicat ou encore d'un jaune insouciant, ce qui revenait au même pour le roi. Il voulait des tournesols et rien que des tournesols. Était-il roi, oui ou non ? Et comme la réponse était forcément oui, il déracinait le rosier à mains nues dès qu'il l'apercevait, puis le brûlait dans un coin du jardin. Il était inutile de lui rappeler que malgré leur grande beauté les roses avaient suffisamment d'épines pour faire entendre leur point de vue. Le roi se contentait de respirer par la bouche – car chacun sait que les parfums suaves rendent l'homme décadent, que la décadence le rend efféminé, et que ceci en fait un bon à rien – puis il déracinait le rosier et rentrait au château se faire panser.

Au fil des ans, le roi trouva de plus en plus souvent des rosiers dans son jardin, et enfin tous les jours. Il se faisait vieux, ce qui arrive même aux meilleurs des rois et celui-ci n'en faisait pas partie. Il fut peu à peu hanté par la crainte qu'après sa mort – qui ne viendrait que des années et des années plus tard, si elle venait jamais, mais mieux valait s'y préparer, et c'est ce qui différencie les très grands rois des rois simplement compétents – que, donc, après sa mort un rosier puisse prendre racine dans son merveilleux jardin, puis un autre et encore un autre, jusqu'à ce que plus aucun tournesol ne subsiste. L'idée que des roses colorées puissent proliférer lentement dans la brise et que leur parfum suave puisse flotter au delà du château dans la campagne environnante le faisait grincer des dents. Il fit alors appeler son fils aîné, Ron.

– Mon garçon, déclara-t-il, il faut agir concernant ce problème de rosier. Je veux que tu montes la garde au jardin cette nuit. Peut-être est-ce un fleuriste qui s'introduit au château.

– Vous pouvez compter sur moi, sire, promit énergiquement Ron, toujours terrifié à l'idée de ne pas bien exécuter les ordres de son père. Demain matin, ce fleuriste sera entre mes mains.

– Bon garçon, grommela le roi, voilà à quoi sert d'avoir des fils.

Ce soir-là, Ron s'installa au jardin pour guetter l'intrus. Mais qu'y a-t-il à faire la nuit dans un jardin de tournesols ? Au bout d'un moment, ses paupières devinrent si lourdes que Ron aurait voulu les ôter un instant. Au matin, le roi le réveilla d'un coup de pied, afin de lui montrer combien il était satisfait, puis désigna le rosier qui avait poussé tout près de sa tête.

Le roi fit appeler son fils cadet, Don, et lui exposa la gravité de la situation. Avide de prendre enfin la place de son frère aîné dans les bonnes grâces de son père, Don déclara :

– Laissez-moi cela, sire. Qu'il s'agisse d'un fleuriste ou d'une conspiration de paysagistes, la sécurité sera rétablie demain matin dans votre jardin.

– Ne me déçois pas, mon garçon, ordonna le roi.

Ce soir-là, Don prit position dans le jardin et se mit à réfléchir à ce qu'il ferait à l'intrus quand il l'aurait attrapé. Cela le tint éveillé un bon moment, mais ce moment passé, il n'y eut pas grand chose à voir dans le jardin. En fait, il n'y avait aucune différence visible entre l'aspect du jardin quand il avait les yeux ouverts et quand il les avait fermés. Au matin, le roi éveilla Don d'un coup de sceptre et déracina le rosier qui avait poussé tout près de lui.

Le roi avait un troisième fils, Jamie, mais il ne l'avait jamais beaucoup aimé. Jamie n'était pas comme ses frères, il n'était ni ambitieux, ni arrogant, ni agressif.

– Tu ne ressembles à aucun membre de ma famille, lui disait le roi les rares fois où ils se croisaient dans le château, et c'était à peu près tout ce qu'il avait à lui dire.

Contrairement à ses frères, Jamie n'était pas obligé de chasser, monter à cheval, abuser des servantes, ou toute autre chose que le roi pensait convenir à un prince censé exercer un jour son autorité sur les autres. On ne l'encourageait pas non plus à prendre ses repas à table ou à faire remarquer sa présence. On le traitait comme un hôte ayant largement abusé de l'hospitalité et il n'avait aucun compagnon, à part une poule appelée Dorothy, qui lui était d'un grand réconfort. Jamie l'emmenait partout, lui parlait, la regardait chercher des vers à coups de bec et subvenait en général à ses besoins.

– Je ne vois pas pourquoi les roses vous ennuient tellement, Père, dit Jamie. Mais si vous voulez, je passerai la nuit au jardin pour voir ce qui se passe.

– Ne sois pas ridicule, répliqua froidement le roi. Serais-tu plus un homme que tes frères ?

Et, pressentant que la réponse était non, il pensa l'affaire réglée.

Mais Jamie, qui avait l'habitude de vivre dans l'indifférence du roi, avait aussi pris celle d'assumer seul ses décisions. Ce soir-là, il se glissa dans le jardin de son père, lequel ne comptait pas au nombre de ses endroits préférés. Mais avec le coucher du soleil, les fleurs laissèrent pendre leur tête, ce qui leur donna l'air gracieux et presque modeste, et Jamie se dit alors qu'elles n'étaient peut-être pas si mauvaises. Il s'amusa à compter les vers luisants et les étoiles filantes. Si bien que lorsque, juste avant l'aube, un perroquet d'or au bec de diamant vint se poser sur la plus grande fleur et se mit à en picorer les graines, Jamie était éveillé et le vit.

– Bonjour, fit-il, ravi.

– Bonjour, mon joli, répliqua le perroquet en laissant tomber une crotte.

Jamie, qui s'y connaissait en oiseaux à force de passer son temps avec Dorothy, tendit la main vers le perroquet et gloussa de sa façon la plus apaisante. Le perroquet vint se poser sur sa main. C'est alors que le soleil se leva. Dans le château, le roi ouvrit la porte de sa chambre avec fracas et brailla :

– Debout, debout, tout le monde, le jour est levé !

C'est ainsi qu'il commençait chaque journée, car il était matinal. Le perroquet prit immédiatement son envol et, malgré ses efforts pour l'attraper, Jamie ne réussit qu'à arracher une plume de sa queue, et l'oiseau disparut dans le ciel. Jamie regarda à l'endroit où la crotte du perroquet était tombée et il vit un rosier en fleurs. Sachant que son père le déracinerait dès qu'il l'apercevrait, Jamie cueillit une rose et la dissimula dans sa chemise.

Quand le roi entra dans son jardin, il regarda Jamie, puis le rosier. Il était difficile de dire lequel des deux lui causait le plus de déplaisir. Il arracha le rosier et, tandis qu'il l'emmenait dans un coin, Jamie lui raconta d'où venaient les roses. Il montra la plume d'or à son père, qui la lui prit et la fit tourner lentement dans sa main.

– Un perroquet d'or, dit-il. Comme il ferait joli dans une cage d'or, parmi mes tournesols, avec une bonne couche de papier journal pour retenir les crottes.

Il renvoya Jamie, qui se dépêcha d'aller profiter de la fleur rescapée. Mais en la sortant de sa chemise, il fut déçu de constater que la rose s'était fanée à la chaleur de son corps et qu'elle sentait comme lui, c'est-à-dire pas mauvais, non, mais plus du tout le parfum escompté.

Dorothy apparut sur ces entrefaites. À la vue de la fleur, elle devint très agitée et se mit à glousser vivement.

– Tu veux cette rose, Dorothy ? s'enquit Jamie un peu surpris, car elle préférait généralement les vers. Très bien, je te la donne.

Dorothy ne se le fit pas dire deux fois. Elle prit la rose dans la main de Jamie, rejeta la tête en arrière et avala la fleur.

Entre temps, le roi fit venir ses deux fils aînés au jardin, leur montra la plume et déclara :

– Je donnerai la moitié de mon royaume à quiconque me ramènera ce perroquet d'or.

C'était la totalité du royaume que voulaient Ron et Don, mais ils se dirent qu'ils l'obtiendraient plus facilement en en possédant déjà une moitié. Ils se portèrent volontaires pour partir sur-le-champ.

– Que le meilleur gagne, dit le roi en guise de bénédiction.

En sortant du château, Ron et Don croisèrent Dorothy, occupée à picorer un peu de gravier pour faciliter sa digestion. Elle leva la tête, les vit et lança :

– Quand vous arriverez au village, passez la nuit à l'auberge sombre, pas à l'auberge illuminée.

Loin d'être abasourdis, sans même parler de gratitude pour ce tuyau, Ron et Don s'indignèrent hautement.

– Quelle est cette créature qui ose s'adresser à des princes ? s'enquit Ron avec colère.

– Je n'ai pas de conseils à recevoir d'une poule, affirma Don. Je les mange.

Puis il tenta de donner un bon coup de pied à Dorothy. Mais vous savez combien il est difficile de donner un coup de pied à une poule. Ses efforts demeurèrent vains.

Les frères partirent à la frontière du royaume paternel et pénétrèrent dans une grande forêt. Ils marchèrent toute la journée et atteignirent à la nuit tombée un village pourvu de deux auberges, chacune d'un côté de la route. Celle de gauche était petite, sombre et miteuse, pas du tout le genre d'endroit où deux princes dotés d'une si haute opinion d'eux-mêmes auraient daigné passer la nuit. Celle de droite n'avait rien à voir. Ses enseignes au néon inspiraient la confiance, sa musique s'entendait de la rue et une riche odeur de nourriture bien grasse en émanait. Elle semblait bien plus conforme à leur statut social. Ils y entrèrent donc. Entre deux cocktails, ils firent la connaissance de deux jeunes femmes fort conviviales, les épousèrent après un dîner copieux suivi d'autres cocktails, puis fondèrent chacun une famille nombreuse qui leur fit tout oublier du perroquet d'or.

Entre temps, chaque nuit, le jardin du roi fut éclairé par des projecteurs et surveillé par des serviteurs munis de filets, son propriétaire espérant ainsi conserver l'intégralité de son royaume. Mais le perroquet ne revint pas et bien qu'il n'y eût ainsi plus de rosiers, l'agitation et la frustration gagnèrent le roi, préoccupé par l'envie de posséder l'oiseau. Jamie finit par aller le voir.

– Père, lui dit-il. Ron et Don font sans doute de leur mieux. Mais à trois, nos chances de retrouver le perroquet d'or augmenteraient d'autant. Pourquoi ne partirais-je pas moi aussi à sa recherche ?

– Toi ? fit le roi sur le ton qu'il aurait pris pour dire : « Des termites ? » si son château en avait été infesté. Serais-tu plus un homme que mes deux fils ? Quand je voudrai des conseils sur la volaille, je t'enverrai chercher.

Et il crut l'affaire réglée. Mais Jamie, que son père n'encourageait jamais, avait depuis longtemps cessé de prendre ses rebuffades au sérieux. Il se fit quelques sandwiches pour la route et s'en fut mener ses recherches.

En sortant du château, il croisa Dorothy qui venait justement d'attraper un gros scarabée plutôt sémillant.

– Au revoir, Dorothy, dit-il. Je pars chercher le perroquet d'or pour mon père.

Elle leva la tête, laissant le scarabée battre en retraite.

– Quand tu arriveras au village, conseilla-t-elle, passe la nuit à l'auberge sombre, pas à l'auberge illuminée.

– Dorothy ! s'exclama Jamie. J'ignorais que tu savais parler.

– Tu es la lumière de ma vie, Jamie, dit Dorothy d'une voix étonnamment grave. Mais je voudrais parfois avoir un ver pour chaque chose que tu ignores, surtout en ce qui concerne ta fidèle poule blanche.

Jamie se dit que, pour partir à la recherche d'un perroquet d'or au bec de diamant, il y avait plus mauvaise compagnie que celle d'une fidèle poule blanche. Il lui exposa ses pensées. Dorothy fut plus qu'heureuse d'être conviée.

– En fait, dit-elle, je sais où tu pourras trouver ce perroquet. Il appartient au roi du Château d'Après Celui-ci.

– Tu es une vraie mine d'or, affirma gaiement Jamie. Je ne sais pas comment te remercier.

– En temps utile, assura Dorothy, je te demanderai quelque chose.

– Tout ce que tu voudras, promit Jamie.

Ils partirent, échangeant leurs impressions sur la vie au château, qu'ils ne trouvaient ni l'un ni l'autre totalement satisfaisante. Ils parvinrent bientôt à la forêt marquant le frontière du royaume et y pénétrèrent.

La nuit tombait lorsqu'ils atteignirent le village des deux auberges. Jamie n'accorda aucune attention à l'auberge illuminée et pleine de rires, et se rendit directement à la petite auberge sombre où il réserva une chambre pour lui-même et sa poule. Ravi d'avoir des clients, l'aubergiste lui donna sa meilleure chambre, qui s'avéra très confortable en dépit de l'aspect de l'édifice. Jamie passa une nuit reposante et, au matin, l'aubergiste lui apporta un délicieux petit déjeuner continental. Après ce repas, à quelque distance du village, Dorothy dit à Jamie :

– À marcher comme cela, nous mettrons bien trop longtemps. Monte sur mon dos, nous irons plus vite.

Jamie doutait qu'une poule – même une poule telle que Dorothy – puisse aller très vite avec quelqu'un sur son dos, mais il obtempéra.

Elle se montra extrêmement rapide. La forêt défila en un éclair vert et Jamie se retrouva soudain au pied d'un château devant lequel dormaient à même le sol cent gardes armés.

– Voici le Château d'Après Celui-ci, annonça Dorothy. Avance hardiment et les gardes ne se réveilleront pas. Monte les escaliers et ouvre la première porte à gauche. Si tu tends la main avec confiance, le perroquet d'or s'y posera et te laissera l'emporter hors du château. Mais ne touche à rien d'autre dans la pièce.

Jamie promit de suivre ses instructions et avança.

Quand il ouvrit la porte en haut des escaliers, il trouva une pièce remplie d'oiseaux d'or sur leur perchoir. Il y avait des aras, des cacatoès et des toucans, et tous le fixaient en silence de leurs yeux brillants. Jamie s'avança jusqu'au perroquet d'or au bec de diamant, tendit la main, puis l'oiseau leva une patte et s'y posa. Sur le point de partir, Jamie se dit : « Le perroquet est pour mon père, mais si je me prenais un oiseau, je pourrais obtenir des rosiers avec ses crottes. Je ne vais en prendre qu'un petit ». Il tendit la main vers une perruche. Les oiseaux se mirent immédiatement à crier, jacasser et pépier, le perroquet d'or menant les autres.

– Au voleur, au voleur ! Uu voleur au château ! cria-t-il. Bonjour mon joli !

Et en un instant, la pièce fut bondée de gardes qui encerclèrent Jamie et le conduisirent devant le roi.

– Je ne saurais vous dire à quel point je déteste ceux qui s'approprient le bien d'autrui, dit le roi d'une voix glaciale comme une soupe de pois cassés. En particulier quand il s'agit du mien. Donc, afin de vous guérir de cette malsaine habitude, je vais vous faire raccourcir d'une tête.

Le roi fit alors mine de réfléchir avant d'ajouter :

– À moins, bien sûr, que vous ne me rameniez le caniche d'or qui court plus vite que son ombre. Il appartient au roi du Château d'Après Celui-là, qui n'exploite pas ses qualités de chasseur. On m'a dit qu'il joue parfois à lui lancer un bâton et le laisse se reposer au soleil le reste du temps. Moi, si je possédais une créature aussi magnifique, j'en ferais immédiatement un reproducteur qui engendrerait les meilleurs caniches de chasse au monde. Alors, mon jeune voleur, si vous me ramenez ce caniche d'or, non seulement j'épargnerai votre vie, mais je vous offrirai en plus mon perroquet d'or.

Que pouvait donc faire Jamie ? Il promit de ramener le caniche afin de sauver sa tête. Dorothy l'attendait dehors, très en colère.

– Jamie, le gronda-t-elle. La plupart des gens se seraient contentés d'une poule qui parle et d'un perroquet d'or. Je devrais te laisser là.

Mais Jamie lui rappela toutes les fois où il l'avait caressée, soignée et nourrie de vers. Elle finit par se laisser fléchir.

– Bon, dit-elle, il faut aller au Château d'Après Celui-là. Monte sur mon dos, nous irons plus vite.

Jamie s'exécuta et ils partirent.

Lorsqu'ils s'arrêtèrent, Jamie se trouvait devant un château. Mille gardes armés dormaient devant la porte.

– Voici le Château d'Après Celui-là, dit Dorothy. Avance hardiment, Jamie. Monte les escaliers et ouvre la seconde porte à gauche. Approche-toi du chien avec confiance et il te suivra. Mais n'essaie sous aucun prétexte de le mettre en laisse.

Jamie promit de faire exactement ce qu'elle avait dit et s'avança parmi les gardes.

Derrière la seconde porte en haut des escaliers, il se retrouva face à face avec un caniche d'or de la taille d'un lion – et même d'un gros lion – qui se tenait assis et regardait Jamie d'un air grave.

– Bonjour, mon beau, dit Jamie en s'approchant de lui.

Il tendit la paume de sa main vers le museau du chien et caressa les boucles resplendissantes de sa tête. Le caniche accepta ces égards très dignement. Jamie dit :

– Allons, partons, mon beau.

Jamie fit demi-tour, le caniche se leva et le laissa marcher devant. Jamie vit alors un collier de chien serti de diamants et une laisse d'argent accrochés au mur. Il se dit : « Un animal aussi splendide mérite bien un collier et une laisse splendides », ce qui semblait tout à fait raisonnable. Le caniche le regarda, gravement indigné, tandis que Jamie lui mettait le collier, mais quand celui-ci voulut attacher la laisse, il rejeta la tête en arrière et aboya. La pièce se remplit instantanément de gardes, qui encerclèrent Jamie et le conduisirent devant le roi.

– Le dognapping est puni de mort, grommela le roi en lançant un regard furieux à Jamie, comme s'il avait l'intention de lui sauter dessus et d'exécuter personnellement la sentence. Cela devrait l'être, en tout cas. Rien n'est plus vil au monde qu'un dognappeur. Un être capable de dognapping est capable de tout… de tout.

Il chercha un exemple de ce qu'un dognappeur serait capable de faire et en trouva un excellent.

– Par exemple, un dognappeur, s'il savait où était son intérêt, serait capable d'aller au Dernier Château, de kidnapper le prince qui est si beau que les étoiles tombent à ses pieds en espérant qu'il les ramassera, et de me le ramener pour que je le marie à ma fille, la Princesse-Qui-Semble-Ne-Vouloir-Épouser-Personne. Ceci, me permettrait évidemment de passer mes vieux jours entouré de petits enfants aussi beaux que leur père et aussi sélectifs que leur mère. Naturellement, je me montrerais royalement généreux et récompenserais ledit dog-et-kid-nappeur non seulement en épargnant sa vie, mais aussi en lui offrant mon caniche d'or. Intéressant, non ?

Cela paraissait beaucoup plus intéressant que d'être exécuté, et Jamie promit de ramener le prince à la fille du roi. On le relâcha. Dehors, il retrouva Dorothy, si excédée qu'elle ne voulait même pas lui parler. Il la caressa, la câlina, et elle finit par se laisser fléchir.

– Tu sembles bien décidé à te compliquer l'existence, et cela m'attriste, dit-elle. Monte sur mon dos, Jamie, nous irons plus vite.

Jamie s'exécuta et ils partirent.

Lorsqu'ils s'arrêtèrent, Jamie se trouvait devant un autre château. Cent mille gardes armés dormaient allongés devant la porte et le bruit de leurs ronflements faisait trembler le sol.

– Voici le Dernier Château, hurla Dorothy. Je pense que tu sais comment faire, maintenant. Tu trouveras le prince derrière la troisième porte à gauche. Si tu l'embrasses avant de lui parler, il te suivra hors du château. Mais ne le laisse sous aucun prétexte – et je te prie de bien m'écouter, Jamie, car a priori c'est à ce stade que les choses se compliquent pour toi – ne le laisse sous aucun prétexte emporter quoi que ce soit avec lui. Tu as compris ?

Jamie affirma que oui et jura de suivre cette fois ses instructions à la lettre. Il alla ouvrir la troisième porte.

Le prince était si beau que Jamie n'aurait jamais pu s'empêcher de l'embrasser, même si le sort du monde en avait dépendu. Il l'embrassa donc, pendant un bon moment, puis murmura :

– Partons.

– Je veux juste prendre un sac pour la nuit, murmura à son tour le prince, qui s'appelait Ellery.

Jamie dit « non », Ellery dit « s'il te plaît » et peut-être existait-il un homme capable de résister au « s'il te plaît » d'Ellery, mais ce n'était pas Jamie. Il ouvrit la fermeture éclair de son sac. À ce bruit, la pièce s'emplit de gardes qui encerclèrent Jamie et le conduisirent devant le roi.

– Oh, c'est un aventurier, déclara le roi comme s'il s'agissait d'un papillon d'une espèce trop commune pour qu'on le collectionne. Bon, je suppose qu'Ellery est assez grand pour partir avec qui il veut. Mais puisque vous êtes si ambitieux, je me demande si vous me rendriez un petit service avant de partir. Derrière le château se trouve une montagne dont j'ai fini par me lasser. J'aimerais que vous la remplaciez par un lac. Dès que ce sera fait, vous pourrez partir.

On conduisit Jamie derrière le château.

Il s'échina avec une pelle durant trois jours, mais la tâche s'avéra plus ardue qu'il ne l'avait cru. D'une part, c'était une grosse montagne, couverte d'arbres et couronnée de neige et de glace. D'autre part, il ne savait pas où la mettre : il devait emmener chaque pelletée loin dans la forêt pour ne pas la retrouver ensuite sur son passage. Il lui semblait avoir besogné pendant un siècle. Au soir du troisième jour, Dorothy apparut.

– Montre-moi tes mains, Jamie, dit-elle.

Il lui montra ses mains couvertes d'ampoules et elle hocha la tête.

– Très bien, dit-elle. Va te reposer.

Jamie fut heureux d'aller s'allonger sous un arbre, où il s'endormit.

Dorothy monta au sommet de la montagne et se mit au travail. Elle donna des coups de becs et gratta, encore et encore, et bientôt, une vallée profonde se tint là où s'était dressée la montagne. Elle donna un dernier coup de bec, gratta encore une fois, et l'eau jaillit du fond de la vallée. Au matin, un vaste lac reflétant la course des nuages et du soleil s'étendait derrière le château. Le roi fut très satisfait en le voyant.

– C'est beaucoup mieux, approuva-t-il. Nous avions besoin d'un lac depuis bien longtemps. Ellery, tu as trouvé un jeune homme accompli. Bonne chance à tous deux.

Le roi donna un baiser d'adieu à son fils, puis Jamie, Ellery et Dorothy prirent le chemin du Château d'Après Celui-là.

Mais à leur arrivée, Ellery envisageait l'avenir sous un jour différent.

– Certainement pas, dit-il catégoriquement. Je ne veux pas épouser de princesse. À partir de maintenant, c'est toi et moi, Jamie.

Cela convenait parfaitement à Jamie, mais il ne voyait pas comment s'approprier le caniche d'or.

– Eh bien, il nous faudra donner au roi une chose qui ressemblera à Ellery, dit Dorothy.

Elle s'accroupit, émit un craquement soudain et pondit un œuf.

– Casse-le, Jamie, ordonna-t-elle.

Jamie obéit et, médusé, vit apparaître sous ses yeux le sosie d'Ellery.

– Combien de fois penses-tu pouvoir faire cela, Dorothy ? s'enquit-il innocemment.

Ellery le saisit par l'arrière du col.

– Une seule, affirma-t-il. Maintenant, va l'échanger contre le caniche, il me rend nerveux.

Jamie introduisit donc le faux Ellery auprès du roi dans le Château d'Après Celui-là.

– Ah, vaurien, glousse le roi, aux anges. Mauvaise graine. Il fera un excellent reproducteur.

Il donna le caniche d'or à Jamie, qui le remercia et prit immédiatement congé. Le roi mit son bras autour des épaules du faux Ellery et l'emmena faire le tour du château en chantant les louanges de la beauté de sa fille et des joies de la paternité.

Quelques minutes à peine s'étaient écoulées quand le faux Ellery se tourna vers lui et dit :

– Vous savez, vous êtes très bien conservé pour votre âge.

Puis il lui pinça la fesse d'un geste élogieux.

– Gardes ! appela le roi, stupéfait.

Mais, avant qu'un seul d'entre eux ait eu le temps d'arriver, le faux Ellery lui adressa une éloquente imitation de bruit de pet et se changea en œuf.

Jamie et ses compagnons cheminaient vers le Château d'Après Celui-ci. Mais, arrivé à proximité, le caniche s'assit et refusa de continuer. Comme il avait la taille d'un lion – et même d'un gros lion – aucune traction ni poussée de parvint à le faire bouger.

– Tu ne veux pas me quitter, n'est-ce pas, mon beau ? demanda Jamie.

Pour confirmer ces dires, le chien cogna sa queue sur le sol tant et si bien qu'un nuage de poussière s'éleva.

Dorothy pondit donc un autre œuf, que Jamie cassa et dont sortit un caniche exactement semblable au sien. Il le conduisit devant le roi au Château d'Après Celui-ci.

– Quelle bête splendide ! s'esclaffa le roi. Quel beau mâle ! Oh, oui, il engendrera les meilleurs caniches de chasse au monde. Vous pouvez prendre le perroquet d'or.

Jamie le prit et repartit. Pressé de mettre le caniche au travail, le roi l'emmena au chenil, derrière le château. En cours de route, le chien fut pris d'une envie subite d'uriner. Mais au lieu de lever une de ses splendide pattes d'or, il s'accroupit modestement afin de se soulager, ce qui chagrina beaucoup le roi. Quand il eût terminé, il jeta un coup d'œil au souverain par dessus son épaule et lui fit une grimace canine tout à fait sarcastique. Puis il se changea en œuf.

– Eh bien, Jamie, dit Dorothy tandis qu'ils cheminaient tous ensemble. Tu as gagné le prince, le caniche d'or, le perroquet d'or et tu vas rentrer chez toi pour réclamer à ton père la moitié de son royaume. Alors, si cela ne t'ennuie pas, j'aimerais te demander une faveur.

– Tout ce que tu voudras, répondit Jamie. Je t'écoute.

– J'espérais te l'entendre dire, répliqua Dorothy. J'aimerais beaucoup que tu me coupes la tête et que tu me plumes entièrement.

– Je ne peux pas faire ça, protesta Jamie, horrifié.

– C'est la seule chose que tu puisses faire pour moi, assura tristement Dorothy. Et si tu refuses, il faudra que je parte. Mais auparavant, je te donnerai deux conseils. Ne fonde pas de famille et, si jamais tu le fais, bois de l'eau minérale.

– S'il te plaît, reste, Dorothy, supplia Jamie, en vain.

Le départ de sa poule le laissa en proie au chagrin et ses deux conseils à la perplexité.

– Le problème n'est pas que je ne veuille pas d'une famille, mais que ma famille ne veuille pas de moi. Et quel rapport avec l'eau minérale ?

Mais Ellery lui fut d'un grand réconfort, de même que le caniche et le perroquet. Ils continuèrent et parvinrent enfin au village des deux auberges. Ils passèrent devant une maison jumelle en stuc dotée d'un minuscule jardin plein d'enfants braillards. Les deux portes de la maison s'ouvrirent simultanément et deux hommes d'âge mûr affligés d'une énorme panse en sortirent, vilipendèrent les enfants et déblayèrent les tricycles à coups de pied. En voyant Jamie, les deux hommes sursautèrent.

– Jamie ! crièrent-ils. C'est nous, tes frères Ron et Don. Nous allions prendre un verre à l'Auberge-Tout-Illuminée. Viens avec nous !

– Je ne peux vraiment pas, répondit Jamie, pas si content de les voir. Je rentre à la maison avec le perroquet d'or.

– Le perroquet d'or, répéta Don en se rappelant que lui-même était jadis parti à sa recherche.

– Oh, emmène-nous revoir Père, supplièrent-ils. Ne nous laisse pas là… nous sommes ta famille.

– Des ennuis ! Attention ! Attention ! Bonjour, mon joli ! s'écria le perroquet d'or.

– Heu… répondit Jamie, dubitatif.

– Bon, c'est décidé alors, reprirent Ron et Don en emboîtant le pas à Jamie, Ellery, au perroquet et au caniche.

Ils quittèrent le village et pénétrèrent dans la forêt.

En chemin, Ron dit à Don :

– Il a l'air en forme, non ?

– Quoi d'étonnant ? répondit Don en tirant sur son tee-shirt pour couvrir sa panse. Il a eu la belle vie, à parcourir le monde et à s'amuser pendant que nous nous occupions de nos familles.

– Et il l'aura encore plus belle, quand il donnera le perroquet d'or à Père et recevra la moitié du royaume en échange, renchérit Ron.

– Ce n'est pas juste, ronchonna Don. Il est célibataire et n'a pas de responsabilités. Alors que nous, si. Nous méritons la moitié du royaume.

Ils passèrent alors devant un puits. Ron donna un coup de coude à Don :

– Dis donc, Jamie, fit-il. Tu as soif ? L'eau de ce puits est la meilleure que j'aie jamais bue. Arrêtons-nous une minute.

– Non, pas vraiment, répondit Jamie.

Il s'arrêta pour regarder ses frères. Le caniche et Ellery, le perroquet d'or perché sur son épaule, continuèrent de marcher.

– Oh, mais tu devrais vraiment goûter l'eau de ce puits, insista Ron. On l'appelle « Le Puits de l'Amour Familial ».

– Ah, bon ? fit Jamie.

Il vint regarder dans le puits, qu'ornait une toile d'araignée.

– C'est un fait, petit frère, affirma Ron. Le problème, c'est qu'il n'y a pas de corde. Il faudra donc que quelqu'un descende dans le puits et remonte de l'eau.

– Oui, approuva Don. Et, comme nous sommes trop costauds pour le faire, nous te descendrons. Qu'en dis-tu ?

– D'accord, répondit aimablement Jamie. Mais dépêchons-nous.

Il laissa donc ses frères le descendre dans le puits. Quand il en atteignit le fond et vit qu'il était tari, il appela :

– Il n'y a pas d'eau ici.

– Pas pour toi, c'est sûr, répliqua Ron. Pauvre tache !

Don et Ron se hâtèrent de rejoindre les animaux d'or, qui avaient rebroussé chemin pour voir ce qui retardait Jamie.

– Jamie nous rattrapera plus tard, dit Don. Il a dit de continuer sans lui.

– Je vais à sa rencontre, répliqua froidement Ellery, qui ne débordait pas spontanément d'affection pour les frères de Jamie.

– Il te prépare une surprise, dit Ron.

Le caniche d'or grogna sourdement, indiquant par là qu'il n'était pas convaincu.

– Si, si, insista Ron. Il mijote quelque chose de spécial.

– N'importe quoi, gloussa le perroquet. Bonjour, mon joli.

– Hé, ferme ton clapet, Polly, cingla Ron.

Le perroquet lui mordit le doigt de son bec de diamant doté d'une pression considérable, puis s'envola dans un éclair de plumes. Ron courut après le perroquet en l'insultant, Don courut après Ron, le caniche d'or poursuivit Don en aboyant et Ellery les poursuivit tous. Or, ils se trouvaient à la lisière de la forêt bordant les terres du roi. La forêt était-elle enchantée ? Ou bien le royaume ? Toujours est-il qu'un changement s'opéra soudain. Le perroquet d'or se changea en perruche verte ordinaire quand il sortit de sous les arbres et Ron l'attrapa sans effort. Le caniche d'or, qui s'apprêtait à saisir Don par la peau du cou pour le secouer comme un prunier, se changea en caniche nain abricot galeux qui ne réussit qu'à japper et à lui mordiller le fond de culotte. Ellery surgit de la forêt en criant « Qu'avez-vous fait de... » et se changea instantanément en serveur alcoolique boutonneux dès qu'il posa un pied dans le royaume. Étant sujet aux syncopes, il perdit le souvenir de ce qu'il faisait et sa question resta en suspens.

Arrivés au château, Ron et Don trouvèrent le roi dans son jardin dc tournesols.

– Père, dirent-ils triomphalement, nous vous avons rapporté le perroquet d'or...

Le roi se montra fort peu impressionné.

– Ce n'est pas un perroquet, déclara-t-il en regardant d'un air dégoûté l'oiseau qui venait de s'arracher une plume et commençait à la mâchonner.

– C'est un tout petit perroquet, insista Ron avec optimisme.

– Il n'est pas en or, rétorqua sans ménagement le roi.

– Non, pas sous cet éclairage, admit Don. Nous donnerez-vous la moitié du royaume ?

Le roi, qui ne supportait pas l'échec, les fit jeter hors du château. Les deux frères emportèrent la perruche avec eux, ne sachant plus que faire.

Entre temps, au fond de son puits tari, Jamie avait fini par comprendre les deux conseils de Dorothy.

– Bon, fit-il, et maintenant ?

Il attendit Dorothy, mais celle-ci ne se montra pas.

– Tant pis, se consola Jamie. Que ferait-elle si elle était ici ? Elle essaierait sûrement de détaler.

Il tenta donc de sortir du puits en courant, mais celui-ci était beaucoup trop étroit et abrupt.

– Bon, alors elle pondrait un œuf.

Mais ce n'était même pas la peine d'en parler, car Jamie en était bien sûr incapable.

– Bon, alors la seule chose qu'elle ferait encore serait de donner des coups de bec et gratter.

Jamie l'ayant vue faire plus souvent qu'à son tour, il savait comment s'y prendre. Il gratta et donna des coups de bec. Rien ne se produisit. Il recommença. Toujours rien. Il recommença encore et une source surgit au fond du puits. L'eau jaillit, le niveau monta, Jamie monta aussi et parvint à reprendre pied sur la terre ferme. Dorothy l'attendait.

– Dorothy, dit-il en s'ébrouant, pourquoi ne m'as-tu pas aidé ?

– Jamie, tu es la lumière de ma vie, répondit-elle, mais il semblerait que mon aide ne t'aide pas toujours tant que cela. Tu t'es bien débrouillé.

Ils allèrent à la lisière de la forêt et observèrent. Craignant que Jamie ne réussisse malgré tout à sortir du puits, Ron et Don avaient embauché des gardes pour le guetter et leur avait décrit ses vêtements. Jamie ne savait pas très bien quoi faire.

Un mendiant apparut alors, faisant sonner quelques pièces dans un gobelet de plastique.

– Une petite pièce ? demanda-t-il.

– Je n'ai rien sur moi, répondit Jamie. Mais si vous voulez, je vous échange mes vêtements contre les vôtres.

Les siens étaient magnifiques, tandis que ceux du mendiant étaient en haillons. L'idée plut donc au mendiant. Ils troquèrent leurs habits et Jamie put passer devant les gardes et entrer au royaume de son père.

– Jamie, tu m'impressionnes ! s'écria Dorothy. Toutefois, nous en arrivons au stade où un peu d'aide te sera utile.

Elle ébouriffa ses plumes, tourna en rond plusieurs fois et se changea en une jolie boutique où se vendaient perroquets, cages et graines, et où les soins n'étaient dispensés que sur rendez-vous. Jamie fut changé en boutiquier. Dans la vitrine, un écriteau indiquait : « Aujourd'hui uniquement : perruches changées en perroquets d'or. Renseignements à l'intérieur ».

Un moment plus tard, Ron et Don vinrent à passer par là, se reprochant mutuellement le cours négatif qu'avaient pris les choses. Ils lurent l'écriteau, entrèrent sur-le-champ dans la boutique, exhibèrent au boutiquier leur perruche presque entièrement déplumée et demandèrent :

– Vous pouvez vraiment changer ça en perroquet d'or ? Ça coûte cher ?

– Je l'ignore, cet oiseau est en très mauvais état, répondit le boutiquier en leur prenant la perruche. Laissez-moi le regarder à la lumière du jour et je verrai ce que je peux faire. Je reviens tout de suite.

Il sortit de la boutique. Au même moment, la boutique se changea en Dorothy, le boutiquier en Jamie et la perruche en perroquet d'or au bec de diamant.

– Bonjour, mon joli, dit-il.

Jamie jucha l'oiseau sur son épaule et se rendit au château de son père avec Dorothy. Comme d'habitude, le roi était dans son jardin de tournesols. Il ne sut s'il devait exulter ou fulminer en voyant l'oiseau perché sur l'épaule de son plus jeune fils. N'ayant encore jamais été confronté à un dilemme, il accepta le perroquet sans mot dire. L'oiseau s'empressa de le mordre et s'envola sur le plus haut tournesol.

Dès l'instant où le roi reçut le perroquet, la moitié de son royaume échut à Jamie. Et le hasard voulut – il fait parfois bien les choses – que le café dans lequel travaillait Ellery se situât sur cette moitié. Ellery prenait une commande quand il retrouva subitement son apparence première.

– ...Jamie ? cria-t-il, terminant la question qu'il avait commencée au sortir de la forêt.

C'est alors que le caniche d'or, ayant lui aussi retrouvé son apparence, entra d'un bond dans le café. Les clients se dispersèrent.

– Cherche Jamie, ordonna Ellery.

Il grimpa sur son dos et le chien courut ventre à terre au château, laissant derrière lui son ombre.

Pendant ce temps, Jamie fit à son père le récit de ses aventures. La colère du roi augmentait de minute en minute.

– Impossible, dit-il. Jamais mes fils n'auraient abandonné qui que ce soit au fond d'un puits. Pas même toi.

Sur ces entrefaites, Ellery en croupe, le caniche d'or bondit par dessus les murs du château dans le jardin où les crottes du perroquet avaient fait pousser un ou deux rosiers.

– Tout est vrai, déclara Ellery tandis qu'il enlaçait Jamie.

– Au mot près, s'écria le perroquet. Bonjour, mon joli.

– Mensonges ! hurla le roi, que la vue de deux hommes enlacés dégoûtait presque autant que le parfum des roses.

Le caniche d'or lui grogna dessus.

– Il va falloir que tu le lui prouves, Jamie, dit Dorothy qui s'exprimait pour la première fois en présence du roi. Il a toujours eu l'esprit de contradiction.

Jamie dit à voix haute :

– Ron et Don, si je vous laisse sortir, avouerez-vous tout ?

– Oui, répondirent deux voix étouffées.

– Dorothy ? fit Jamie.

La poule s'accroupit et pondit un œuf sous l'œil maussade du roi. Jamie le cassa et Ron et Don apparurent, le visage barbouillé de jaune. Ils avouèrent tout.

Ce fut un coup dur porté à la façon dont le roi voyait les choses.

– Tes frères sont compris dans ta moitié, dit-il avec un tremblement dans la voix. Tu peux les châtier à ta guise.

– Comme châtiment, répondit Jamie avec fermeté, ils retourneront dans leurs familles et passeront le reste de leur existence dans la maison jumelle en stuc.

– Non ! s'écrièrent pitoyablement Ron et Don.

Mais en vain car ils retournèrent vers leurs épouses, enfants et maison jumelle en stuc, dont ils durent payer le loyer.

Ainsi, pendant un temps, Jamie et le roi régnèrent sinon côte à côte, du moins dans la même périphérie. Toutefois, la tournure des événements avait rudement secoué le roi. Un jour qu'il était au jardin et tentait de se consoler parmi ses tournesols – ils se portaient fort bien et n'avaient en fin de compte pas subi d'invasion rosière – Ellery vint à lui et, pour se montrer agréable, lui dit :

– J'adore votre jardin. Comment faites-vous pour obtenir des héliotropes aussi énormes ?

C'en fut trop pour le roi. Il ôta sa couronne et prit sa retraite. Peut-être était-il en proie à la déprime, à la rancune, ou plus probablement à la fatigue, car il laissa de nombreuses portes verrouillées en partant. Ceci causa de grandes difficultés à Jamie qui ignorait la nature du contenu de ces pièces, mais il gouverna de son mieux.

Peu de temps après, Jamie partit en promenade à travers son royaume parfumé à la rose. À la lisière de la forêt, il rencontra Dorothy, qu'il n'avait pas beaucoup vue depuis son couronnement. Elle avait très mauvaise mine, ses pattes étaient jaunies et rugueuses et elle perdait ses plumes.

– Dorothy, s'exclama Jamie, qu'est-ce qui ne va pas ?

– Tu n'as pas accédé à ma requête, répondit Dorothy d'une voix affaiblie. Je vais te le demander encore une fois : s'il te plaît, coupe-moi la tête et plume-moi.

Désormais roi, Jamie avait compris qu'il devait parfois faire certaines choses contre son gré. Il s'arma de courage, coupa la tête de sa poule bien-aimée et arracha ce qui lui restait de plumes. À peine avait-il terminé que se dressait devant lui un gentilhomme d'âge mûr, corpulent, au teint rose et qui aurait présenté une ressemblance frappante avec le vieux roi s'il n'avait pas souri comme si le monde était un endroit délicieux.

– Bonjour, Jamie, lumière de ma vie, dit en riant le gentilhomme. Nous ne nous connaissons pas encore vraiment. Je suis ton oncle Théodore.

– Non, tu es ma poule Dorothy, insista Jamie. Qu'as-tu fait d'elle ?

– Oh, ça, répondit le gentilhomme. J'étais – et je le suis encore – le frère cadet de ton père. Cela ne lui a jamais plu car j'étais bien trop différent de l'image qu'il se faisait du frère cadet d'un roi, ou de tout autre homme, d'ailleurs. Un jour, j'étais alors très vulnérable, il me jeta un sort d'un mot lancé au hasard, ou plutôt d'un flot de paroles déplaisantes. Comme il me pensait incapable de faire ce que font les autres hommes, le sort qu'il me jeta me changea en oiseau incapable de voler. Puis il m'oublia tout à fait. Les années passèrent et je menai une vie méprisable et ignominieuse. Heureusement, j'étais une bonne pondeuse, sinon j'aurais fort bien pu finir en poule au pot. Et quand tu es arrivé, Jamie, aussi différent de tes frères que moi du mien, j'ai su qu'une chance de retrouver forme humaine s'offrait à moi. Bien sûr, la difficulté était de te pousser à changer l'opinion qu'avait de moi le roi. Je sais aujourd'hui que tant qu'il régnait, tu ne le pouvais pas. Mais tu es maintenant roi, et voilà.

Quelle histoire ! Mais ce qui impressionnait le plus Jamie, c'était son oncle.

– Il y avait quelqu'un comme moi dans ma famille, s'émerveilla-t-il.

Alors, pour la première fois, il eut vraiment l'impression de faire partie d'une famille. Il invita naturellement son oncle Théodore à venir vivre au château. L'oncle accepta avec joie. À leur arrivée, Jamie fut stupéfait de constater que toutes les portes verrouillées étaient à présent ouvertes et laissaient voir des trésors oubliés depuis des lustres. Le royaume se mit à prospérer – et continue de prospérer – et Jamie régna longtemps et heureux.

Le Pêcheur & son Amant

Il était une fois un pêcheur très pauvre, qui avait un pantalon rapiécé, rien dans les poches, et arrivait à peine à se nourrir en allant pêcher ce qu'il pouvait dans la mer. Mais ce pauvre pêcheur avait un amant et, comme la plupart des gens qui en ont un et en sont fous, il croyait posséder toute la richesse du monde.

Mais au plan matériel, il était pauvre et, ne pouvant s'offrir un bateau, ne possédait qu'un filet. Tous les jours, au lever du soleil, il descendait sur la grève, peu éloignée de sa minuscule mais confortable cabane, et entrait dans l'eau. Il passait là toute la journée, jetant et ramenant son filet encore et encore, jusqu'à ce qu'il ait assez de poisson pour le dîner.

Un jour, au coucher du soleil, tandis qu'il allait rentrer chez lui, quelque chose lui dit de jeter encore une fois son filet. Ce qu'il fit. La brise venue des terres décida alors de descendre sur la mer et gonfla son filet qui retomba beaucoup plus loin que d'habitude. Dès qu'il commença à le ramener, le pêcheur sut qu'il contenait quelque chose et que cette chose se débattait avec vigueur. Aux anges, il tira et tira tant que son bras devint rouge.

– Voilà qui fera un bon dîner, grogna-t-il, prêt à déposer sa prise sur le sable.

Le poisson sortit la tête hors des vagues, cracha un jet d'eau et dit :

– Relâche-moi tout de suite !

Médusé, le pêcheur faillit lâcher son filet. Mais il se ressaisit bien vite.

– Je suis un pêcheur, dit-il fort logiquement. Et toi un poisson. Tu devrais être préparé à l'éventualité de te trouver pêché.

– Je ne suis pas n'importe quel poisson, répliqua très dignement l'animal. Je suis l'amant du roi de la mer. À ta place, je me laisserais partir.

Ce ne fut pas tant l'évocation de telles relations qui convainquit le pêcheur, mais le fait de savoir que son amant l'attendait à la maison et qu'il regarderait la pendule – ou ce qui lui en tenait lieu – avec une appréhension grandissante. Il se disait combien ce serait horrible si un malheur arrivait à son amant à lui. Alors, avec douceur, mais aussi avec regret, il libéra le poisson.

– Merci, dit celui-ci. Maintenant, j'aimerais te rendre la pareille. Dis-moi ce que tu veux et tu l'auras.

– Voilà une offre intéressante, répondit le pêcheur. Mais j'ai déjà tout ce que je veux.

– Tu as bien de la chance, dit le poisson. Mais il se peut qu'un jour tu changes d'avis. Dans ce cas, viens ici et appelle-moi, je viendrai.

Puis il disparut d'un coup de queue.

Le pêcheur rassembla ses prises et rentra chez lui. Il les nettoya et les fit cuire, comme à son habitude, car son amant détestait sentir l'odeur du poisson sur ses mains. Après le repas et la vaisselle, ils firent l'amour, ce qui était aussi devenu une habitude. Ils étaient ensemble depuis un peu plus d'un an et s'étaient installés dans une routine que chérissait le pêcheur. Plus tard, il s'assit au bord du lit pour inspecter et réparer son filet. C'était une tâche apaisante et il s'y adonnait chaque soir avant de s'endormir.

– Aujourd'hui, un des poissons que j'avais attrapés m'a demandé de le relâcher, dit-il.

Son amant, qui s'appelait Kevin, s'étonna :

– Vraiment ? C'était le petit argenté croustillant ? Il avait le regard perçant.

– Non, idiot, répondit tendrement le pêcheur. Nous ne l'avons pas mangé. Je l'ai laissé partir. Il a proposé de m'offrir tout ce que je voulais.

Il souriait à cette idée.

Kevin reposa le magazine qu'il feuilletait.

– Ah oui ? Que nous a-t-il donné ?

– Rien.

– Rien ? répéta Kevin, la bouche mince et dure comme une moule. Tu l'as laissé partir sans rien demander ?

– Qu'aurais-je bien pu demander ? répliqua le pêcheur qui n'était pas sûr de savoir où Kevin voulait en venir.

Il tendit la tête pour désigner leur douillette petite cabane, le lit et ses draps propres avec eux dedans : tout ce qu'on pouvait désirer au monde était là.

Or Kevin était très mignon. Il l'avait toujours été et avait toujours chéri l'idée qu'un beau jour, il vivrait avec un roi dans son château, ou au moins avec un beau prince. Mais il avait vingt-huit ans et commençait à entrevoir qu'un repas de poisson frais chaque soir était peut-être ce que la vie avait de mieux à lui offrir. Cela ne suffisait pas tout à fait. Très énervé par les propos du pêcheur, il dit d'une voix cinglante :

– Pourquoi ne lui as-tu pas demandé de te donner une plus grosse bite, imbécile ! ?

Puis il donna un coup de poing rageur dans l'oreiller, se tourna contre le mur et s'endormit sans ajouter un mot.

Le pêcheur en fut abasourdi. Il avait cru que Kevin le trouvait aussi parfait qu'il trouvait Kevin, et s'entendre dire le contraire l'avait profondément blessé. Il acheva de réparer son filet et éteignit la lumière, mais ne s'endormit qu'après un long moment. Au matin, il se leva pour faire du café, mais Kevin resta au lit. Ce n'était pas inhabituel, mais il ne demanda pas au pêcheur de lui en apporter une tasse avec beaucoup de lait et de sucre et un glaçon, comme il aimait. Il resta au lit et fit semblant de dormir. Le pêcheur lui prépara tout de même une tasse de café qu'il laissa sur le comptoir, puis sortit sans bruit.

Toute la journée, il rumina les reproches de Kevin. Au coucher du soleil, il déposa son filet avec précaution sur le sable et entra dans l'eau. Il dit :

Toi que j'ai attrapé,
et que j'ai laissé filer,
tiens ta promesse,
je suis dans la détresse.

Le poisson sortit bientôt la tête hors des vagues, cracha un jet d'eau et demanda :

– Que veux-tu ?

Il était plus grand que la veille et aurait pu déchirer un filet dans lequel il se serait pris. Le pêcheur remarqua aussi qu'une paire de petites cornes avait poussé au dessus de ses yeux. Un peu hésitant et pas certain que le poisson accéderait à une telle requête, il dit :

– Ce n'est pas pour moi, mais pour Kevin, mon jeune amant. Il voudrait que j'aie une plus grosse bite.

Le poisson ne cilla même pas.

– Rentre chez toi, répondit-il. Il a tout ce qu'il voulait.

Puis il disparut dans un jaillissement d'écume.

Le pêcheur ramassa donc son filet et ses prises et rentra. Il prépara le dîner, qui se déroula en silence. Mais quand ils se déshabillèrent dans la minuscule chambre, Kevin s'aperçut du changement et tout fut oublié. Ils firent l'amour comme jamais depuis leur rencontre. Le pêcheur était heureux, car tout était rentré dans l'ordre. Mais plus tard, tandis qu'il réparait son filet, Kevin lui dit avec un sourire :

– Dommage que tu n'aies pas pensé à demander au poisson de faire quelque chose pour ton nez.

Puis il s'allongea et s'endormit en trois secondes.

Le pêcheur avait le nez de travers depuis une bagarre quand il était enfant. Jusqu'à ce jour, il avait cru que c'était une des choses que Kevin aimait chez lui, comme il aimait le bout du nez un peu trop en trompette de Kevin. Il mit longtemps à s'endormir.

Le lendemain, la pêche ne fut pas bonne. Au coucher du soleil, il remonta son filet sur le sable et entra dans l'eau. Il récita *Toi que j'ai attrapé…* et le poisson sortit bientôt la tête hors des vagues, cracha un jet d'eau et demanda :

– Que veux-tu ?

Il était encore plus grand, aussi grand que le pêcheur, et en plus de ses cornes qui, elles aussi, avaient poussé, il arborait un long barbillon de chaque côté de la bouche. Le pêcheur ne se sentit pas très à l'aise d'être dans l'eau avec lui. Il dit :

– Ce n'est pas pour moi, mais pour Kevin. Il voudrait que mon nez soit plus droit.

– Rentre chez, toi, répondit le poisson. Il a tout ce qu'il voulait.

Puis il disparut dans une grande gerbe d'eau.

Le pêcheur rassembla donc son filet et ses prises, rentra, prépara le dîner, et appela Kevin à table. En voyant son nez, Kevin fut transporté de joie. Il n'arrêta pas de l'embrasser de tout le repas, d'admirer son profil et de le faire tourner par là ou là. Après le dîner, ils allèrent dans la chambre. Kevin se montra très réceptif et enthousiaste, si bien que le pêcheur se dit : « Bon, on dirait qu'il est enfin content. Nous aurons peut-être la paix ».

Quand ils eurent fini, Kevin le regarda longuement et pensivement, puis dit :

– Tu ne vois donc pas ce que le poisson pourrait faire pour ton ventre ?

Le pêcheur était à un âge où, même en prenant soin de son corps, un pli se creuse sous l'estomac quand on s'assoit. Pour lui, cela faisait partie des choses qu'il fallait accepter.

Il ne dormit pas de la nuit, si bien qu'il fut trop fatigué pour pêcher le lendemain. Il resta assis sur la grève, à ruminer jusqu'au coucher du soleil. Alors il entra dans l'eau et récita *Toi que j'ai attrapé…* et bientôt le poisson sortit la tête hors des vagues, cracha un jet d'eau et demanda :

– Que veux-tu ?

Il était alors bien plus grand que le pêcheur. Non seulement ses cornes et barbillons s'étaient considérablement allongés, mais des rangées successives de dents acérées lui emplissaient la bouche.

Le pêcheur sortit de l'eau avec autant de tact que possible.

– Ce n'est pas pour moi, mais pour mon amant, Kevin, exposa-t-il. Il voudrait que j'aie la taille plus fine et plus ferme.

– Rentre chez toi, répondit le poisson. Il a tout ce qu'il voulait.

Puis il disparut dans un jaillissement d'eau qui trempa le pêcheur jusqu'aux os.

Il n'y eut pas grand chose à manger ce soir-là. Kevin ne le remarqua pas. Il mit ses mains autour de la taille du pêcheur, qui ressemblait à une colonne d'acier flexible, l'attira dans la chambre et, pendant un petit moment, le pêcheur fut heureux. Mais quand ils eurent fini, Kevin sortit un calepin de sous son oreiller. Il s'assit en tailleur sur le lit et dressa la liste de toutes les modifications à réclamer au poisson. Des épaules plus larges, des cuisses plus épaisses, une voix plus grave – en fait, pour se conformer aux desiderata de Kevin, le pêcheur aurait dû devenir un tout autre homme, sans qu'il sût lequel exactement. « Mais après, se dit-il, ces changements incessants s'arrêteront et notre vie redeviendra paisible. » Il regarda son Kevin et n'eut d'autre désir que de voir l'amour illuminer ses yeux. S'il fallait en passer par là, il s'y plierait. Il prit donc le calepin et mémorisa la liste.

Le lendemain et tous les jours suivants, le pêcheur se rendit sur la plage pour appeler le poisson. Ce dernier vint à chaque fois, plus grand et plus terrifiant que la veille, mais toujours disposé à satisfaire la demande du pêcheur. Parfois, celui-ci essayait de pêcher un peu, mais on aurait cru que la mer s'était vidée de tous les poissons à l'exception du sien. En général, il se contentait de s'asseoir sur la plage et de lancer des galets dans l'eau.

Enfin vint le soir où le dernier souhait de Kevin fut exaucé. Le pêcheur poussa un grand soupir de soulagement. Satisfait, Kevin se nicha sur sa poitrine bien plus puissante qu'auparavant et contempla avec adoration ses yeux désormais d'un bleu saisissant.

– Demain, murmura-t-il, tu demanderas une plus grosse bite au poisson.

Puis il s'endormit comme un bienheureux.

Le pêcheur émit un grognement. Tout doucement pour ne pas le réveiller, il repoussa Kevin, se vêtit et sortit marcher dans la nuit. Bientôt, sans y penser, il se retrouva sur la plage. Il était grand, bien charpenté, très musclé, son visage était sublimement beau et il n'avait jamais été aussi malheureux de sa vie. Il se posta au bord de l'eau, récita *Toi que j'ai attrapé…* puis se mit à trembler. Comme s'il l'attendait, le poisson sortit immédiatement la tête hors des vagues, s'éleva toujours plus haut dans le ciel nocturne et cracha un jet d'eau.

Il était alors si long que les arches formées par son corps emplissaient la mer comme les montagnes russes les plus grandes du monde et que sa tête était entièrement hérissée de cornes et de piquants. Deux nageoires dorsales se déployaient comme des ailes géantes. Quand il parla, des nuages de feu et de fumée sortirent de sa bouche, mais sa voix était toujours aussi douce.

– Et maintenant, que veut-il ? interrogea le poisson, en abaissant ses yeux brillants comme des comètes vers le pêcheur.

– Je n'en sais rien ! cria ce dernier.

Il tomba à genoux, davantage désemparé et désespéré par l'inconstance de Kevin que par l'aspect du poisson.

– Je change, je change et il n'est jamais content. Je ne sais pas ce qu'il veut.

– Rentre chez toi, répondit le poisson. Il a tout ce qu'il voulait.

Et alors qu'on aurait pu croire que l'océan ne contenait pas assez d'eau pour le recouvrir, il se coula sous les vagues. Des nuages de vapeur s'élevèrent et se dissipèrent.

Un moment plus tard, le pêcheur se releva et rentra chez lui. Il n'aurait su en dire la raison – tout semblait si confus – mais, en marchant, il se sentit de mieux en mieux et de plus en plus léger. L'aube pointait lorsqu'il parvint à la cabane. Il tendit la main pour soulever le loquet et s'aperçut que tous ses muscles avaient disparu. Il la porta à son nez et sentit que celui-ci était de nouveau de travers. Il regarda dans son pantalon et, là aussi, tout était redevenu normal. Le pêcheur entra en se demandant comment Kevin allait le prendre.

À son grand étonnement, le petit déjeuner grésillait dans la poêle quand il pénétra dans la cuisine. Kevin versait deux tasses de café fumant. Il vit le pêcheur et ses yeux s'illuminèrent comme si le soleil s'y levait, un soleil qui ne brillait que pour son amant.

– Salut, chéri, fit-il. Il n'y avait pas grand chose, mais je me suis débrouillé. J'espère que ce sera bon, mais je ne suis pas le plus grand cuisinier du monde.

Le pêcheur prit place à table et soupira avec gratitude.

– Quoi que ce soit, dit-il, ce sera parfait, j'en suis sûr.

Et il ne se trompait pas.

L'Homme qui aimait un Pigeon

Il était une fois trois frères qui vivaient à la campagne. Ils s'appelaient Tim, Tom et Howard. Dans leur tout petit village, il n'y avait rien d'autre à faire que travailler le jour et dormir la nuit, ce qui ne leur convenait pas du tout. Ces garçons rêvaient de vivre à la grande ville, où les lumières brillaient toute la nuit, où la circulation était intense et où, par dessus tout, se pressait une foule de gens qu'ils ne connaissaient pas.

Or ils avaient un Oncle Frank qui habitait dans une grande ville. Ayant beaucoup d'affection pour eux, il les invita à passer les vacances chez lui. Les trois garçons s'amusèrent tant qu'ils décidèrent de s'installer là-bas. C'était plus facile à dire qu'à faire, car il y avait pénurie d'appartements à louer et les prix étaient exorbitants. Mais chacun parvint à se trouver un logement, minuscule et au loyer inabordable, mais bien à lui.

La veille de leur emménagement, l'Oncle Frank prépara un dîner somptueux. Après avoir débarrassé la table, devant un café et un cognac, il leur offrit un cadeau. C'était trois disques de plastique, pareils à ceux que les gens se lancent dans les parcs, quand il fait beau l'après-midi. Les deux premiers étaient de couleur vive et le troisième gris.

– Mes enfants, dit Oncle Frank, vous êtes jeunes et c'est quand on est jeune qu'on s'amuse le plus. On drague, on vit des aventures et, en même temps, on apprend à se connaître et à savoir ce qu'on veut. Alors un jour, vous aurez peut-être envie de passer votre vie avec un homme extraordinaire. Mais il y en a tant et tant, qu'il sera peut-être difficile à trouver, et c'est là que ces disques auront leur utilité. Il vous suffira de fermer les yeux et de lancer votre disque. Celui qui vous le rapportera sera votre amant.

Les frères ne furent pas très convaincus, mais leur oncle s'était montré si gentil qu'ils en choisirent chacun un. Tim et Tom étant les plus âgés, ils choisirent en premier et prirent les disques de couleur vive, laissant le gris à Howard. Ils remercièrent leur oncle de tout ce qu'il avait fait pour eux. Le lendemain, ils s'installèrent.

Ils menèrent une vie agréable et bien remplie, à explorer la ville et tout ce qu'elle avait à offrir. Mais, au fil du temps, les garçons ressentirent un vide que rien que semblait combler et ce vide était dû à l'absence d'un homme extraordinaire. Certes, il y avait quantité d'hommes à rencontrer dans les rues, les soirées ou en attendant la fin du rinçage au lavomatic. Tous étaient très sympathiques, mais apparemment incapables de combler tout à fait l'impression de vide que Tim, Tom et Howard ressentaient dans la vie. Alors, ils se souvinrent des disques et des conseils de l'Oncle Frank.

Tim fut le premier à essayer.

– D'accord, allons-y, dit-il.

Il ferma les yeux et lança son disque, qui était rouge vif. Un mannequin l'attrapa et le lui rapporta.

– Voilà un homme fait pour moi, soupira Tim. Et il partit avec son mannequin.

– À mon tour, maintenant, dit Tom.

Il ferma les yeux et lança très fort son disque bleu électrique. Un avocat le rattrapa et le lui rapporta.

– C'est celui dont j'ai toujours rêvé, déclara Tom. Et il partit avec son avocat.

– Serais-je différent de mes frères ? se demanda Howard.

Il ferma lui aussi les yeux et lança son disque de plastique gris, qui atterrit sur le parking d'un fast-food. Howard attendit un moment, mais personne ne venant le lui rapporter, il alla voir ce qui s'était passé. Le frisbee gisait près d'un bac à ordures et un pigeon aux pattes rouges essayait de le prendre dans son bec.

Quand Howard se baissa pour le ramasser et faire un deuxième essai, le pigeon lui dit :

– C'est toi qui l'as perdu ?

Il bomba le torse, déploya sa queue en éventail et se mit à tourner autour d'Howard, en s'inclinant de temps en temps et en roucoulant doucement. Howard en fut charmé. C'est ainsi qu'il devint l'amant d'un pigeon.

Comme ce pigeon nichait sous l'avant-toit d'un supermarché et qu'il n'y avait pas de place pour deux, ils décidèrent que l'oiseau emménagerait chez Howard. C'était l'amant idéal, attentionné et prévenant qui ne rentrait jamais à la maison sans un peu de pop corn ou quelques frites. Toutefois, cette relation embarrassait un peu Howard – après tout, ses frères avaient trouvé un mannequin et un avocat – si bien qu'il ne put se résoudre à en informer Tim et Tom. Quand ils déjeunèrent ensemble, Howard ne laissa rien filtrer volontairement.

– Vito est si beau, dit Tim d'un air béat. Tous mes amis m'envient.

– Parker réussit tellement bien, s'enorgueillit Tom. Son cabinet va l'associer.

Les deux frères se tournèrent vers Howard.

– Et ton amant ? Comment s'appelle-t-il ? Que fait-il ?

– Il s'appelle Colomba. Colomba Livia, répliqua Howard, qui avait trouvé ce nom à la bibliothèque. Il vient d'une famille nombreuse. Il est dans la restauration.

– Oh, un restaurateur, dit Tom.

– C'est un nom intéressant, dit Tim. Il est italien ?

Quand leur oncle apprit qu'ils avaient tous quelqu'un, il leur téléphona pour les féliciter et leur faire une proposition :

– Je léguerai ma maison à celui dont la relation sera la plus satisfaisante. Venez dîner chacun avec une tenue offerte par votre amant.

C'était vraiment une proposition intéressante car dans cette ville, ni le charme d'un mannequin, ni l'argent d'un avocat ne suffisaient pour devenir propriétaire. La maison d'Oncle Frank était très grande et avait été construite sur les collines escarpées surplombant la ville à une époque où le terrain ne coûtait pas cher. Agents et promoteurs lui avaient fait des offres grâce auxquelles il aurait pu s'acheter un petit pays. Mais Oncle Frank avait beaucoup travaillé dans cette maison et terrassé le versant d'un ravin en contrebas pour en faire des jardins qui se riaient de la pesanteur et offraient à quiconque avait le courage d'y poser le pied une vue qui donnait l'impression d'être au bout du monde. Il avait donc résisté aux offres d'achat et rêvait de laisser un jour cette maison à l'un de ses neveux.

Howard raccrocha le téléphone et poussa un profond soupir. Le pigeon, toujours attentif, lui demanda :

– Qu'y a-t-il, chéri ?

– Je suis invité à dîner chez mon oncle, répondit Howard. Je dois venir avec une nouvelle tenue et je n'en ai pas.

– C'est tout ? Écoute, déshabille-toi et mets ceci derrière ton oreille, répliqua le pigeon en lui tendant une plume de sa queue.

Il mit la plume derrière son oreille et se retrouva instantanément vêtu d'un costume gris parfaitement coupé, subtilement moiré de mauve ou de vert suivant l'éclairage et d'une paire de chaussures écarlates.

– Tu es très beau, là-dedans, dit le pigeon.

Howard le remercia et partit chez son oncle.

En arrivant, il trouva Tim vêtu avec une saison d'avance d'un costume de couturier parisien à la mode que lui avait offert son amant mannequin. Tom portait un costume italien hors de prix que lui avait offert son amant avocat. Mais son costume gris irisé les surclassait tous deux.

– J'adore ces chaussures rouges, Howard, dit Oncle Frank.

Il remarqua la plume de pigeon derrière l'oreille de son neveu.

– Alors, les enfants, comment vont vos amours ?

Chacun assura que tout allait très bien. Mais dès qu'Oncle Frank alla dans la cuisine s'occuper du dîner, les deux frères aînés changèrent de discours.

– Vito est toujours à l'étranger pour son travail, se plaignit Tim.

– Parker travaille sans arrêt, geignit Tom. Je suis veuve de bureau.

– Et avec Colomba ? s'enquirent les deux frères. Comment ça va, en réalité ?

– Épatant, répondit Howard. On passe beaucoup de temps ensemble.

Tim et Tom lui dirent combien ils étaient heureux pour lui et ne lui adressèrent plus la parole de la soirée.

Avant de les laisser partir, l'oncle dit :

– Revenez dîner demain. Vous me montrerez une chose que votre amant vous aura appris à faire.

Quand Howard rentra chez lui, le pigeon demanda :

– Le dîner s'est bien passé ?

– Oui, répondit Howard. C'est le costume que tu m'as donné que mon oncle a préféré.

Mais il semblait préoccupé. Le pigeon lui lissa tendrement les cheveux comme il aimait et lui demanda ce qui le tracassait.

– Je suis encore invité demain soir. Cette fois, il faudra que je lui montre une chose que tu m'auras appris à faire et la seule qui me vienne à l'idée, c'est cette danse que tu fais quand tu es content de me voir.

– C'est rigolo, pouffa le pigeon. Mais je vais t'apprendre un tour encore meilleur.

Il prit une plume de sa queue et la donna à Howard.

– Mets-la derrière ton oreille et fais comme moi, ordonna-t-il.

Puis il battit des ailes et voleta à travers la pièce. Howard mit donc la plume derrière son oreille, battit des bras et s'envola. Malheureusement, la pièce était très petite et le mur mit un terme à son vol. Il retomba au sol comme un vieux flan.

– C'est inné chez toi, dit le pigeon d'une voix consolatrice. Tu manques de pratique, c'est tout.

Le lendemain soir, les trois frères se rejoignirent chez leur oncle.

– Voilà ce que Vito m'a appris, annonça Tim.

Il se pencha au-dessus de la piscine et lui jeta un regard si méprisant et dédaigneux que l'eau chlorée se solidifia.

– Et voici ce que m'a enseigné Parker, dit Tom.

Il se posta devant le canapé noir de son oncle et entreprit de démontrer qu'il était d'une autre couleur en partant d'un raisonnement logique et d'une présentation erronée des faits. Quand il eut fini, le canapé était blanc.

– Très impressionnant, les enfants, dit Oncle Frank. Et toi, Howard ? C'est ton tour. Qu'est-ce que Colomba t'a appris ?

– Ceci, répondit Howard.

Il sauta du bord de la terrasse, ce qui déclencha un concert de sons étranglés chez ses frères. Il partit survoler la ville, fit le tour des plus hauts gratte-ciel et revint.

– Stupéfiant, dit Oncle Frank. Voilà une chose qui vaut la peine qu'on l'apprenne.

Il remarqua la plume de pigeon derrière l'oreille de Howard, mais ne dit rien.

– Mettez-vous à votre aise, proposa-t-il. Je vais chercher le dîner.

Dès qu'il sortit de la pièce, Tim et Tom se défoulèrent.

– Vito me trompe sans arrêt, ronchonna Tim.

– Parker me traite comme sa bonne, gémit Tom. Quand il ramène des gens du bureau, il attend que je serve l'apéritif.

Ils se tournèrent vers Howard.

– Allez, dirent-ils sur un ton de cajolerie. Tu peux bien nous dire comment Colomba te traite. Atrocement, non ?

– Mais non, pas du tout, répondit Howard. Quand il me voit, il s'incline et il danse.

– Il danse ? Comment cela ? interrogèrent ses frères.

– Ça me fait toujours penser à un menuet à la cour de Louis XIV, répondit Howard.

Tim et Tom affirmèrent en grinçant des dents que c'était adorable.

En les raccompagnant à la porte, l'oncle dit :

– Les enfants, ma décision est presque prise en ce qui concerne la maison. Venez dîner demain avec vos amants, je veux les rencontrer.

– Que vais-je faire ? se demanda Howard en rentrant chez lui. Il ne se voyait pas aller chez son oncle avec un pigeon alors que ses frères amèneraient un mannequin et un avocat. Il pensa à louer les services de quelqu'un pour prendre la place de Colomba le lendemain.

– Comment ça c'est passé ? s'enquit le pigeon.

– Très bien, répondit Howard.

Le pigeon vit qu'une fois de plus, quelque chose tracassait Howard, mais il eut beau lui lisser les cheveux, Howard refusa d'en parler.

– Demain, promit-il.

Mais le lendemain matin, Howard sortit faire des courses. Dans l'après-midi, il passa devant le fast-food où ils s'étaient connus et vit le pigeon qui mangeait des frites par terre, en compagnie d'autres pigeons.

– C'est maintenant ou jamais, se dit Howard en s'arrêtant.

Le pigeon accourut.

– Salut, chéri, roucoula-t-il.

– Salut, répondit Howard. Il faut qu'on parle.

Le pigeon acquiesça et attendit la suite. Howard se décida.

– Mon oncle veut que nous amenions nos amants dîner chez lui ce soir pour les rencontrer. C'est comme cela qu'il décidera à qui laisser sa maison.

– Ah, ah, fit le pigeon.

– L'amant de mon frère Tim est mannequin et celui de Tom avocat, poursuivit Howard.

– Ils ont bien de la chance, observa le pigeon.

C'est alors que Tim et Tom en personnes sortirent du restaurant. Ils avaient copieusement larmoyé sur leur triste sort, mais en voyant Howard en pleine conversation intime avec un pigeon, leur visage s'illumina.

– Ne me dis pas que c'est ça, le mystérieux petit ami, pavoisa Tim.

– Oh, Howard, tu peux vraiment mieux faire, dit Tom à voix pas très basse, ravi de cette situation.

– À ce soir, les tourtereaux, dirent les deux frères en s'éloignant le cœur léger.

Howard ne pouvait même plus regarder le pigeon.

– Howard, dit doucement l'animal. Ça n'a rien à voir avec ton oncle ou tes frères, n'est-ce pas ? Ce qui te gêne, c'est que je sois un pigeon.

– Tu as raison, avoua Howard, dégoûté de lui-même. J'envie mes frères parce que leurs amants sont beaux et qu'ils réussissent, même si Vito et Parker sont de vrais serpents.

Puis il se secoua et reprit :

– Eh bien, s'ils peuvent vivre avec des serpents, je ne vois vraiment pas pourquoi je ne pourrais pas aimer un pigeon aussi gentil que toi ? Nous irons ensemble dîner chez mon oncle. Je t'aime et je me fiche complètement de ce que les autres peuvent penser.

Le pigeon battit joyeusement des ailes.

– Parfait ! s'écria-t-il. Alors, faisons dans la classe !

Il vola jusqu'au bac à ordures derrière le restaurant et y trouva quatre couvercles en plastique et deux pailles qu'il transforma en roues munies d'essieux. Puis il posa dessus un emballage à hamburger et hop ! un carrosse apparut. À l'aide de deux pailles, il attela ensuite au carrosse miniature une souris qui habitait au fond de la poubelle. Il était prêt.

– Désolé qu'il n'y ait pas de place pour deux, s'excusa-t-il. Mais tu pourras marcher à côté.

Et ils s'en furent.

Mais Howard avait beau marcher lentement, le pigeon et son attelage ne parvenaient pas à le suivre. Howard finit par s'asseoir à un arrêt de bus pour leur laisser le temps de le rattraper, mais cela dura si longtemps qu'il s'endormit. Le petit carrosse arriva enfin, roulant dans le caniveau. Il dépassa Howard et se changea alors en une limousine rutilante et longue comme une rue, la souris se changea en chauffeur blond et le pigeon devint le plus bel homme du monde, vêtu d'un costume gris aux reflets mauves ou verts selon la lumière et d'une paire de chaussures écarlates. La limousine laissa Howard ronfler gentiment sur son banc et fila dans les collines, vers la maison de l'oncle.

Quand le bel homme fit son entrée, Vito se tenait sur la terrasse et contemplait la ville d'un air boudeur tandis que Tim l'observait. Parker passait un coup de fil important sur son portable et Tom attendait qu'il ait terminé. Le bel homme se présenta à Oncle Frank.

– Bonjour, je suis Colomba Livia, le petit ami de Howard.

À ces mots Tim et Tom se précipitèrent. Au même instant, Vito jeta un coup d'œil à Parker et lui fit un sourire pleine page glacée. Parker dit à son interlocuteur qu'il le rappellerait et coupa la communication.

– Vous n'êtes pas l'amant de Howard, accusa Tim.

– Ah, non ? répliqua Colomba. Vous en êtes sûr ?

– Certain, répondit Tom. Nous avons vu son amant et c'est un pigeon.

Colomba attira leur attention vers la porte d'entrée, où Vito et Parker opéraient une sortie discrète.

– À mon avis, les seuls pigeons ici présents, c'est vous deux, dit-il calmement.

Tim et Tom poussèrent un cri d'effroi et se précipitèrent à la suite de leurs amants inconstants.

Entre temps, Howard se réveilla sur son banc, ne vit nulle part le pigeon et se précipita chez son oncle. En arrivant, il trouva son oncle et le plus bel homme qu'il eût jamais vu bavardant sur la terrasse comme s'ils se connaissaient depuis des années.

– Oncle Frank, interrogea-t-il, le pigeon est-il arrivé ? Où sont Tim et Tom ? Qui êtes-vous ?

Cette dernière question s'adressait au bel homme, qui arborait un sourire radieux.

– Si tu ne me reconnais pas, Howard, tu reconnais sûrement le costume gris et les chaussures rouges, dit Colomba.

Howard les reconnaissait. Il s'assit, stupéfait.

– Que s'est-il passé ?

– Tu m'aimes, répondit Colomba.

– Et je t'ai délivré d'un mauvais sort ? acheva Howard à sa place.

– Heu, non, pas vraiment, répondit Colomba. J'ai toujours été un pigeon, mais ton amour m'a transformé.

– J'avais le pressentiment que tu t'étais bien débrouillé, Howard, dit Oncle Frank. Et j'avais raison : Colomba n'a fait que chanter tes louanges tout l'après-midi. Je serais ravi que cette maison abrite un tel amour, alors j'ai décidé qu'elle te reviendrait. Vous pouvez même emménager tout de suite, si vous voulez… ce n'est pas la place qui manque.

Puis il s'excusa et alla dans la cuisine s'occuper du dîner.

Howard regarda Colomba et sourit timidement.

– Tu es vraiment beau, dit-il. Mais, bon, je m'étais habitué à te voir en pigeon.

Colomba se pencha et se mit à lisser les cheveux de Howard avec ses lèvres, tendrement, comme il aimait.

– J'ai seulement l'air différent, chéri, roucoula-t-il de sa voix grave et rauque. À l'intérieur, je suis toujours le pigeon dont tu es tombé amoureux.

Howard se rendit alors compte que c'était vrai.

Le Vilain Petit Canard

Il était une fois, un petit canard brun qui vivait avec ses frères et sœurs au bord d'une petite mare. Au fond de son cœur, il sentait qu'il ne faisait pas partie de la bonne famille, et au fond du leur, les membres de sa couvée étaient d'accord. Ils lui faisaient partager ce sentiment dès que l'occasion s'en présentait, c'est-à-dire tous les jours. Ils critiquaient sa façon de nager : « Ce n'est pas ainsi que nagent les canards, imbécile ! ». Ils critiquaient sa façon de lisser ses plumes : « Ce n'est pas à cela que ressemblent les canards, vilain ! ». C'était parfois « imbécile » et parfois « vilain », mais toujours désagréable. Il savait toutefois qu'il n'était pas un imbécile car il ne pouvait supporter ses frères et sœurs. Mais il se sentait horriblement vilain : le vilain petit canard. Il passait presque tout son temps dans la mare, aussi loin que possible des autres, et menait une vie fantasmatique très active.

Un matin, tandis qu'il flottait seul en se repassant son rêve favori (*Le vilain petit canard signe à Hollywood ! Un restaurant chinois rachète sa famille !*), il vit une rafale de battements d'ailes blanches et un étranger se poser non loin de lui. L'étranger remit de l'ordre dans ses plumes, adressa un signe de tête au vilain petit canard et dit :

– Bonjour, belle journée, non ?

Le vilain petit canard en resta sans voix : il n'avait jamais vu un être aussi beau de sa vie. Cela ne tenait pas seulement à son plumage (aristocratique), ni à ses ailes (massives), ni à son cou (comment pouvait-on avoir un cou aussi sinueux, gracieux et si peu semblable à celui d'un canard ?), et pourtant, tout cela lui révéla ce à quoi pouvait ressembler un véritable oiseau. Ce fut surtout l'attitude de l'étranger qui captiva le petit canard, comme s'il avait tiré de merveilleux pouvoirs de terribles événements : la compassion de la souffrance, le courage de la peur, la patience et la sérénité du chagrin. Au bout d'un court moment, le bel étranger soupira et dit :

– Eh bien, mon ami, j'ai encore une longue route à faire. Merci de ton hospitalité.

Il battit de ses ailes extraordinaires, courut à l'autre bout de la mare et s'envola dans le ciel.

Le vilain petit canard retrouva sa langue.

– Bonjour, murmura-t-il.

Puis il s'ébroua et s'écria :

– Bien sûr ! Voilà ce que je suis, ou du moins ce que je vais devenir. J'ai éclos dans le mauvais nid, ce qui explique pourquoi mes soi-disant frères et sœurs sont toujours si désagréables.

Il résolut de partir sans perdre un instant et de rattraper le bel étranger. Il s'envola donc sans dire adieu à sa famille.

A priori, l'étranger n'avait pas pris beaucoup d'avance, mais le vilain petit canard ne le distingua nulle part. Il vola sans cesse dans la direction prise par l'autre oiseau. Les jours passèrent, puis les semaines. Il s'arrêtait à chaque mare et à chaque cours d'eau, mais le bel étranger n'était jamais là. Sa quête le conduisit finalement à un lac, plus vaste que tout ce dont il aurait pu rêver. Sur ses rives se pressait une foule d'oiseaux de toutes espèces : ils s'interpellaient, nageaient, volaient. « S'il n'est pas ici, se dit le vilain petit canard au milieu du tumulte, ce serait bien le seul oiseau à ne pas y être, et il se montrera forcément tôt ou tard ». Il se posa sur le lac et s'occupa de se faire une place parmi la foule.

Tout d'abord, beaucoup d'oiseaux lui parurent étranges et même bizarres, car il n'avait jamais vu que des canards. Mais ils lui devinrent vite familiers. Il y avait des aigles, qui nichaient en solitaire au faîte des arbres et ne parlaient jamais à personne, ce qui n'empêchait pas les autres de murmurer dès qu'ils en repéraient un : « Regarde, regarde, un aigle », puis de lisser leurs plumes et déployer leur queue. Il y avait des flamands roses, très élégants et très équilibrés, mais qui n'allaient jamais au fond des choses et se parlaient toujours sur un ton mordant. Il y avait des oies sauvages, pas très intelligentes mais loyales en amitié, et des mouettes, venues de l'océan situé à des kilomètres, pour faire la fête. Il y avait même des canards, mais le vilain petit canard mettait un point d'honneur à les ignorer.

Il se rendait bien sûr compte qu'il était pour l'instant indigne du bel étranger et se mit à faire de l'exercice tous les jours pour embellir sa silhouette. Il commençait chaque jour par une heure d'aérobic et de yoga afin d'allonger et d'assouplir son cou. Puis venait une épuisante séance de musculation des ailes. Il avalait quantité d'aliments riches en protéines et hydrates de carbone, dormait beaucoup et pensa même se mettre aux stéroïdes avant d'entendre un tas d'histoires édifiantes sur les sautes d'humeur occasionnées par ces produits. Comme il était très motivé, les résultats furent rapidement visibles et il devint vite un splendide spécimen de gibier d'eau. Malheureusement, il ne ressemblait pas davantage au bel étranger. À ses yeux, il demeurait donc un vilain petit canard.

Un matin, il méditait sur l'eau et s'encourageait avant ses tours de lac quand quelqu'un dit :

– Bonjour.

Le vilain petit canard se retourna, certain qu'il s'agissait enfin du bel étranger. Mais non, ce n'était qu'un petit huard venu exprès à sa rencontre. Le vilain petit canard fut très déçu – le bel étranger se montrerait-il jamais ? – et par conséquent bien peu cordial.

Mais le huard ne se laissa pas impressionner par sa rudesse. Il entama la conversation et se révéla si charmant et si drôle que le vilain petit canard éclata vite de rire, ce qui n'arrivait pas souvent. Le lendemain, ils tombèrent de nouveau l'un sur l'autre, ainsi que le jour suivant. Le huard lui demanda conseil en matière de musculation : il connaissait un petit coin sur le lac où le poisson était très maigre ; il avait entendu dire que le coucher de soleil serait particulièrement beau ce soir-là et le vilain petit canard voulait-il le regarder en sa compagnie ? Ils se virent régulièrement, pour déjeuner ou faire du sport. Le huard le taquinait :

– Tu es superbe. Je ne comprends pas pourquoi tu t'entraînes si dur.

Mais le vilain petit canard savait qu'il était encore bien loin de son idéal et s'entraînait de plus belle.

Un matin, le huard arriva en retard. Le vilain petit canard allait partir faire ses tours de lac quotidiens – il avait prévu d'en faire vingt et se sentait plein d'énergie – quand le huard survint, en proie à une extrême agitation. Un nid s'était libéré sur la rive ouest branchée du lac et il voulait savoir si le vilain petit canard voulait bien le partager avec lui. Cela ne dérangeait pas le vilain petit canard.

Ils emménagèrent donc. Ce fut un changement de mode de vie considérable pour le vilain petit canard. Depuis son arrivée, il avait été trop occupé pour se faire des amis, mais il semblait bien que tous les oiseaux du lac sans exception connaissaient le huard et l'appréciaient. Il y eut des pendaisons de crémaillère, des pots de l'amitié et des séances de shopping rien que pour trouver des roseaux pour décorer tel ou tel recoin. Le huard avait l'air très heureux. Mais au fond de son cœur, le vilain petit canard gardait toujours une place pour le bel étranger qui viendrait un jour le chercher.

Et puis, un matin, quand le vilain petit canard alla réveiller son colocataire, ce dernier lui dit :

– Je suis vanné. Je crois que je vais rester dormir.

La veille, leurs invités étaient partis tard. Le vilain petit canard ne s'inquiéta pas et répondit :

– D'accord. Moi, je vais m'entraîner.

En rentrant l'après-midi, le huard était toujours au lit.

Le lendemain matin, ce fut la même histoire. Le huard dit :

– Je suis vraiment fatigué. Vas-y sans moi.

Alors, le vilain petit canard s'inquiéta. Tout le monde savait qu'une maladie se répandait autour du lac, qu'elle était presque toujours fatale et que la fatigue en était un symptôme.

– Tu es sûr que ça va ? s'enquit-il.

Mais le huard se retourna sans répondre.

Le vilain petit canard alla sur le lac faire son yoga, mais la pensée du huard couché et solitaire l'empêcha de se concentrer. « Si je saute un jour, ça ne me fera sûrement rien », se dit-il. Il prit donc quelques vairons pour le petit déjeuner du huard, les ramena au nid et passa le reste de la journée avec son compagnon.

Ce fut le début d'une période difficile pour le vilain petit canard, qui ne s'était jamais occupé de personne. Certains jours, le huard allait mieux que jamais et ils allaient à l'eau. D'autres jours, le huard était malade, et il restait avec lui, ne le laissant que pour aller lui chercher à manger. Le vilain petit canard avait peur et aurait voulu se cacher la tête sous l'aile, mais c'était impossible car le huard avait besoin de soins et de réconfort. Il aurait voulu se laisser aller à l'amertume, au ressentiment et au désespoir, mais il ne le pouvait pas, car sinon il aurait raté de rares instants de gratitude soudaine et impromptue. Gratitude les jours où le huard se sentait un peu plus fort, gratitude parce que ce dernier n'était pas seul et que lui, le vilain petit canard, était là pour son ami. Dans ces circonstances, éprouver de la gratitude paraissait étrange, mais elle le rafraîchissait, lui donnait des forces et lui était indispensable.

Parfois, des amis passaient les voir. Le vilain petit canard saisissait alors cette opportunité pour s'envoler par-delà le lac jusqu'aux marais. Là, il cherchait des chouettes ou des grues, tout oiseau susceptible de connaître un remède, ou même un traitement contre la maladie. Parfois il ramenait du gui, parfois d'étranges champignons, ou de la réglisse ou une fleur pourpre d'échinacée ou des chatons de saule et les donnait au huard. Puis, tous deux guettaient une amélioration. Elle survenait parfois, dans une modeste mesure.

Une nuit, le huard eut une poussée de fièvre. C'était déjà arrivé bien sûr, mais, en l'occurrence, on aurait cru qu'il rôtissait de l'intérieur. Le vilain petit canard lui apporta de l'écorce de saule, qui faisait d'ordinaire baisser la température, mais qui resta cette fois sans effet. Il demeura auprès du huard toute la nuit, lui donna de l'eau, le frotta avec des herbes, le veilla et attendit. À un moment, son ami parut délirer.

– C'est très gentil de votre part, murmura-t-il tandis que le vilain petit canard lui soulevait la tête pour le faire boire. Mais je ne suis pas sûr de vous connaître.

Enfin, juste avant l'aube, la fièvre tomba et il reconnut son ami.

– Mais, c'est toi, balbutia-t-il.

Puis il tomba dans un sommeil paisible. Le vilain petit canard se dit qu'au cas où le huard voudrait manger à son réveil, il ferait bien d'aller chercher quelque chose. Il fila au lac.

C'était l'instant précis où le jour rattrape la nuit. Les oiseaux nocturnes étaient tous allés se coucher, les oiseaux diurnes n'étaient pas encore éveillés et les eaux du lac étaient lisses et immobiles. Alors que le vilain petit canard approchait de la rive, le premier rayon du jour nouveau éclaira la cime des arbres et le ciel, et son reflet apparut à la surface des eaux. Et que vit-il ? Pas les ailes massives, le cou élégant et le plumage de neige dont il avait rêvé, mais un être qui donnait l'impression d'avoir tiré de merveilleux pouvoirs de terribles événements : la compassion de la souffrance, le courage de la peur, la patience et la sérénité du chagrin. Alors le canard, qui n'était plus ni petit ni vilain, pêcha le petit-déjeuner de son ami et rentra dans leur nid.

Et c'est là que l'on peut les trouver désormais.

La Mort & son Filleul

Il était une fois un homme qui avait douze enfants et qui se trouva dans l'embarras lorsque naquit le treizième. Les temps étaient durs, la conjoncture mauvaise, et il ne connaissait plus personne susceptible de devenir le parrain de l'enfant. C'était un vendredi soir, et son fils devait être baptisé le lendemain. L'homme se précipita dans la rue, bien décidé à demander à la première personne rencontrée de lui servir de parrain.

Il n'eut pas longtemps à attendre pour qu'un gentilhomme très distingué d'âge mur ne l'aborde.

– On m'a parlé de votre problème, dit ce gentilhomme avec noblesse et simplicité. Je suis prêt à devenir le parrain de l'enfant.

– C'est vraiment très aimable, répondit l'homme. Qui êtes-vous, je vous prie ?

– Mais, mon fils, ne me reconnaissez-vous pas ? le réprimanda gentiment le gentilhomme. C'est moi, Dieu.

L'homme ne fut pas impressionné.

– Non merci, répondit-il. Le monde va de mal en pis. Qu'attendez-vous pour y remédier ? Non, je pense que mon fils mérite mieux. Passez votre chemin.

Le gentilhomme soupira et s'en fut.

Peu après, un beau jeune homme à la barbe soigneusement taillée l'aborda.

– On m'a parlé de votre problème, dit-il, et me voici, prêt à devenir le parrain de votre fils.

– Vous m'obligez, répondit l'homme. Qui êtes-vous, je vous prie ?

– Voyons, voyons, dit le beau jeune homme avec un sourire. Vous me connaissez, je suis le Diable.

L'homme s'impatienta.

– Je ne crois pas. Les gens s'évertuent à se duper, se trahir et s'entretuer et vous venez ensuite revendiquer le bénéfice de leurs méfaits. Quel parrain feriez-vous pour mon fils ? Passez votre chemin.

Le beau jeune homme s'en fut, très perturbé, car peu habitué à ce qu'on le rejette.

Peu après, un troisième gentilhomme aborda l'homme. D'un âge incertain, il n'avait ni barbe, ni cheveux, ni sourcils.

– On m'a parlé de votre problème, dit le gentilhomme chauve. Je serai le parrain de votre fils.

– Peut-être que oui, peut-être que non, répondit l'homme. Qui êtes-vous ?

– Nous ne nous sommes jamais rencontrés, répondit le gentilhomme. Je suis la Mort.

– Allons bon, fit l'homme.

Il regarda dans la rue, mais personne d'autre ne venait. Il réfléchit donc quelques instants à cette offre et finit par dire :

– Vous travaillez dur. Vous n'êtes pas rancunier. Et même si vous n'êtes pas souvent invité, vous rendez toujours visite à chacun. Oui, je pense que vous ferez un bon parrain pour mon fils.

Le lendemain, le gentilhomme chauve se présenta donc à l'église et tint l'enfant sur les fonts baptismaux. Ses parents le prénommèrent Martin. Après la cérémonie, le gentilhomme chauve prit l'homme à part et dit :

– Quand l'enfant sera grand, envoyez-le chez moi et je verrai ce que je peux faire pour lui.

Puis il s'en fut.

Martin grandit tout comme ses frères et sœurs, ni plus ni moins vite. Au jour de son dix-huitième anniversaire, son père lui annonça :

– Il est temps que tu rencontres ton parrain. Va à l'autre bout de la ville à cette adresse et présente-toi.

Martin obéit.

Arrivé à l'adresse indiquée, il ne prêta pas attention à l'aspect de l'édifice. C'était un vieil immeuble de bureaux dont l'un des murs était effondré, sans rien à des dizaines de mètres à la ronde que des parkings. Il entra et vit un escalier. Il gravit une volée de marches. Au premier étage, une barre de musculation se hissait et retombait toute seule.

– Excusez-moi, est-ce là qu'habite mon parrain ? s'enquit Martin.

La barre s'immobilisa à mi-hauteur.

– Encore un étage, grogna-t-elle.

Martin la contourna et gravit une autre volée de marches.

Au second étage, il trouva un jean tout neuf et un grand miroir. Ils se disputaient et se bagarraient.

– Excusez-moi, est-ce là qu'habite mon parrain ? demanda Martin.

Le jean et le miroir marquèrent une pause dans leur affrontement.

– Encore un étage, répondirent-ils.

Martin les contourna et gravit une autre volée de marches.

Au troisième étage, il tomba sur une grande bouteille de whisky, une petite bouteille de poppers et une minuscule bouteille de cocaïne. Elles se tenaient par les épaules et chantaient de vieilles chansons.

– Excusez-moi, est-ce là qu'habite mon parrain ? demanda Martin.

– Encore un étage, chantèrent en cœur les trois bouteilles.

Martin les contourna et gravit encore une volée de marches.

Au quatrième étage, il vit une porte fermée. Il en provenait le bruit d'un objet que l'on aiguisait. Martin regarda par le trou de la serrure. Un squelette était assis sur un banc et frottait la lame d'une faux avec une pierre à aiguiser. Martin, qui ne tenait pas à interrompre le squelette pour lui demander où était son parrain, recula. Mais il marcha sur une lame de parquet disjointe et la fit craquer. Une voix s'éleva immédiatement derrière la porte.

– Martin, c'est toi ? Entre, c'est ouvert.

Martin entra.

Il se retrouva dans un vaste bureau aux teintes neutres, avec vue sur la ville entière. Un gentilhomme chauve se tenait derrière un bureau et consultait ce qui ressemblait à une pile de certificats de naissance.

– Bonjour, Martin, dit-il. Je suis ton parrain. As-tu eu du mal à trouver cet endroit ?

– Non, répondit Martin, mais j'ai vu bien des choses étranges dans l'escalier. Il y avait une barre de musculation qui se hissait et retombait toute seule.

– Oh, Martin, dit le parrain avec un rire incrédule. L'escalier n'est pas très bien éclairé. C'était mon entraîneur.

– Bon, fit Martin. Mais au second étage, j'ai vu un jean et un miroir qui se bagarraient.

– C'était mon tailleur et son mannequin. J'ai l'impression que le mannequin grossit un peu et refuse de l'admettre.

– J'ai vu une bouteille de whisky, une bouteille de poppers et une bouteille de cocaïne chanter au troisième étage, ajouta Martin.

– Ce sont les trois autres membres de ma chorale, dit le parrain en souriant. Autre chose ?

– Parrain, quand je suis arrivé ici, j'ai regardé par le trou de la serrure et j'ai vu un squelette aiguiser la lame d'une faux.

Le parrain perdit son sourire.

– Je portais mes vêtements de travail. Je t'en prie assieds-toi, Martin. Bien. As-tu pensé au métier que tu voudrais faire ?

– Eh bien, répondit Martin, je pensais peut-être devenir médecin.

– Certains de mes meilleurs amis le sont, dit le parrain.

Il ouvrit un tiroir, en sortit une petite bouteille remplie d'un liquide incolore et la posa entre eux sur le bureau.

– Ce n'est que de l'eau, en réalité, annonça-t-il à Martin. Mais avec une seule goutte, tu pourras guérir n'importe quoi. Cela devrait t'être assez utile. Mais écoute bien, docteur. Quand tu entreras dans la chambre d'un patient, regarde si j'y suis. Si je me tiens à sa tête, c'est une simple visite et tu pourras administrer ton eau. Mais si je me tiens à ses pieds, je suis là pour affaires, et tu devras secouer tristement la tête et dire que la science médicale est impuissante. Et, Martin, ne donne jamais de cette eau à une personne qui m'est dévolue. Ne t'oppose jamais à moi : je suis ton parrain.

Il se leva pour mettre la bouteille dans la main de Martin et son ombre se dressa derrière lui. Elle était bien plus grande qu'elle n'aurait dû l'être et Martin eut beau la scruter, il ne put rien y distinguer, rien du tout. C'était très dérangeant car l'ombre obstruait en partie la fenêtre.

Le parrain conduisit Martin à la porte.

– Oh, j'allais oublier, dit-il. Cette bouteille sert à autre chose. Aussi longtemps que tu la garderas, je ne viendrai pas te voir pour affaires. Ravi de t'avoir vu. Il faudra absolument qu'on déjeune ensemble dès que mon emploi du temps le permettra.

– Bien sûr, quand tu voudras, répondit Martin. Merci beaucoup.

La porte se referma derrière lui, il descendit les escaliers aussi vite que possible et se précipita dehors.

Martin ouvrit donc son cabinet et, en peu de temps, acquit une solide réputation, le fait qu'il se déplaçât à domicile n'y étant pas étranger. Quand il entrait dans la chambre d'un patient, il cherchait son parrain. S'il le voyait à sa tête, il sortait sa bouteille d'eau, en administrait une goutte et obtenait une guérison miraculeuse. Mais lorsque son parrain se tenait aux pieds du malade, Martin secouait la tête et disait :

– Je suis navré. On m'a appelé trop tard.

Un jour, une épidémie toucha le royaume. Martin œuvrait toute la journée. Un soir, un messager se présenta à son cabinet. Le fils du roi était malade, les médecins de la cour étaient incapables de le soigner et ne connaissaient même pas la nature de son mal. Martin raccompagna le messager au palais. On le conduisit à la chambre du fils du roi et tous les médecins lui firent place.

Le fils du roi était inconscient à son arrivée. Néanmoins, c'était le plus beau jeune homme que Martin ait jamais vu et il ne pouvait en détacher son regard. Le roi s'approcha de Martin et dit :

– Si tu guéris mon fils, je te rendrai riche au-delà de tes plus folles espérances.

Mais Martin était un médecin reconnu et sa fortune avait dépassé ses plus folles espérances depuis un moment. Il dit :

– Je vais guérir votre fils, mais comme récompense, je veux que nous soyons promis l'un à l'autre.

Ceci déplut au roi. Mais il se dit que la vie de son fils était la chose la plus importante à ses yeux.

– C'est à mon fils que reviendra cette décision, répondit-il. Mais s'il te sourit, je ne me mettrai pas en travers de votre chemin.

– Cela me paraît juste, approuva Martin.

C'est alors que son parrain se glissa dans la chambre et se posta aux pieds du malade. Il secoua la tête à l'adresse de Martin. Celui-ci regarda le fils du roi et se dit qu'il n'avait encore jamais rencontré quelqu'un comme lui. Il le fit rapidement pivoter dans son lit, inversant la position des pieds et de la tête et lui fit boire un goutte d'eau de sa bouteille. Le fils du roi ouvrit les yeux et vit tout de suite Martin. Il lui sourit. Le parrain lança un regard furieux à son filleul et quitta la pièce.

Le roi vit comme son fils souriait et dit :

– Tu as guéri mon fils, je tiendrai parole. Je ne me mettrai pas en travers de votre chemin.

Mais Martin se rappela le regard de son parrain et se sentit mal à l'aise et incertain quant à cette guérison.

On trinqua à la santé du fils du roi et au talent médical de Martin. Quand il regagna son cabinet, il était bien plus de minuit. Son parrain l'y attendait dans ses os de travail, son ombre gigantesque derrière lui. Martin fut terrifié. Il se jeta à genoux.

– Je suis désolé, s'écria-t-il. Je ne le ferai plus jamais. Pardonne-moi.

Il pleura et supplia tant que son parrain finit pas se laisser attendrir.

– Martin, dit-il, tout le monde commet un jour une erreur et je te pardonne celle-ci. Tôt ou tard, quand mon emploi du temps le permettra, je reviendrai prendre le fils du roi. Ce jour-là, ne t'oppose pas à moi, sinon regarde, Martin.

Il pointa un doigt décharné vers son ombre. Elle était sombre et profonde et tout ce qui tombait dedans disparaissait. Le parrain se baissa, toucha ses chevilles, remonta son costume de chair, lança un dernier regard acéré à Martin et quitta le cabinet.

Désormais, Martin ne demandait qu'à l'éviter. Il se dit que le meilleur moyen serait d'éviter tous ses patients, en particulier le fils du roi. Le lendemain, il refusa d'ouvrir à qui que ce soit. Et de même le jour suivant. Mais le troisième, le fils du roi vint le voir et contre son meilleur jugement, il lui ouvrit.

Ils prirent place sur le canapé. Le fils du roi était si heureux de le voir et si rayonnant de santé que Martin pensa :

– Mon parrain ne viendra sûrement pas le chercher.

Ils s'embrassèrent bientôt, le fils du roi donna son cœur à Martin et Martin lui donna le sien. Ils vécurent heureux de nombreux jours, bien que Martin refusât toujours de pratiquer.

Mais un soir, il fut réveillé par un messager du palais. Le fils du roi avait rechuté, aucun médecin ne pouvait l'aider et Martin devait venir immédiatement. Il s'habilla et partit avec le messager.

À son arrivée, le fils du roi était inconscient. Un liquide clair s'écoulait en lui par un goutte-à-goutte, un cathéter sortait de son corps et, malgré le tube à oxygène fixé à son nez, il respirait comme si ses poumons livraient une bataille perdue d'avance contre l'air. Le parrain se tenait à ses pieds et, en voyant Martin arriver, il leva la main pour lui interdire d'entrer. Le filleul se serait sans doute arrêté de lui-même, mais de toute manière l'ombre se dressait derrière son parrain et il avait beau regarder de tous ses yeux, il ne pouvait rien y distinguer et n'aurait su dire si elle avait une fin ou bien si elle s'étendait à l'infini. Il s'assit au seuil de la chambre et se mit à pleurer.

Quelqu'un parla. Il leva les yeux et constata que ses pleurs avaient éveillé le fils du roi qui essayait de parler.

– Comment ? fit Martin en essayant de comprendre.

– N'aie pas peur, murmura le fils du roi. Tout va bien.

Martin émit un grognement, se leva et entra dans la chambre, frôlant son parrain. Il souleva le fils du roi dans ses bras et, malgré les tubes qui le gênaient, le fit pivoter dans son lit. Puis il lui fit boire une goutte d'eau de la bouteille. Le parrain lui lança alors un regard furieux et se posta à l'autre bout du lit, si bien qu'une fois de plus, il se tenait aux pieds du fils du roi. Martin renouvela sa manœuvre. Cet étrange ballet se poursuivit toute la nuit. Finalement, la frustration envahit son parrain et celui-ci quitta la pièce d'un pas excédé. La respiration du fils du roi devint plus facile. Martin eut envie d'une cigarette, mais l'oxygène étant encore branché, il sortit dans le hall.

Il allait allumer sa cigarette quand le parrain apparut. Il était en os de travail et, derrière lui, l'ombre semblait avaler le palais tout entier, ainsi que la ville et le ciel étoilé.

– Martin, cingla-t-il. C'est la seconde fois que tu me défies et je ne te le pardonnerai pas.

Martin était fatigué au-delà de toute expression et avait très envie de cette cigarette. Ses pensées ne s'ordonnaient plus très bien. Tout ce qu'il savait, c'était que, malgré ses efforts, son parrain était toujours près du fils du roi.

– Sors d'ici ! gronda-t-il.

Il posa les mains sur la cage thoracique du squelette et le repoussa de toutes ses forces. Personne n'ayant levé la main sur lui avant ce jour, le parrain fut désarçonné. Il recula d'un pas – un seul – puis s'arc-bouta tant et si bien que rien n'aurait pu le faire bouger. Il se produisit alors une chose étrange. Tandis que Martin exerçait toute la force dont il était capable sur son parrain, un minuscule morceau d'ombre tomba dans sa bouche et il l'avala. Il s'aperçut qu'il pouvait désormais voir à l'intérieur et sa peur disparut.

Quant au parrain, il fut très vexé de ce traitement. Il tendit sa main squelettique.

– Martin, exigea-t-il, rends-moi ma bouteille d'eau.

– Prends-la, répliqua Martin. Prends-la et je lui ferai boire une eau que je distillerai dans mon cœur.

– Tu te rends bien compte que tu devras entrer dans l'ombre, comme tout le monde.

– Oui. Comme tout le monde.

– Oh, Martin, soupira le parrain. J'espérais tant pour toi. Je pensais même t'associer. Mais aujourd'hui, je me lave les mains de toi. À partir de maintenant, tu es seul.

– Non, je ne suis pas seul, répliqua Martin. Je suis avec le fils du roi.

Puis il abandonna son parrain dans le hall et rentra dans la chambre rejoindre l'homme qu'il aimait.

Le Chien Botté

Il était une fois un jeune homme appelé Jeffrey qui tomba amoureux d'un menuisier appelé George. Ils se donnèrent des rendez-vous, se firent la cour, se séparèrent, puis se rabibochèrent et finalement décidèrent de vivre ensemble. Jeffrey habitait un deux-pièces tandis que George possédait une ravissante maison très joliment meublée. Jeffrey emménagea donc chez George. Et pendant assez longtemps, ils vécurent très heureux.

Puis George tomba malade, puis son état empira, puis il alla mieux avant de retomber encore plus malade et de mourir. Il mourut à dix heures du matin, sans laisser de testament. À onze heures moins le quart ses trois sœurs, qui ne lui parlaient plus depuis des années, étaient à la porte avec trois camions et, au coucher du soleil, la ravissante maison de George était vide. Les trois sœurs emmenèrent même les animaux domestiques et pourtant, aucune n'aimait les animaux. Mais comme elles se l'étaient bien dit : « le sang est plus épais que l'eau », ce qui signifiait que Jeffrey n'aurait rien. Toutefois, un des chiens était si vieux et décrépit qu'aucune des sœurs ne voulut l'emmener. Ses poils tombaient depuis longtemps par poignées, laissant des plaques de peau rose, ses testicules étaient enflées et il marchait en boitant, la truffe et les oreilles au ras du sol. On le laissa donc là.

Jeffrey s'assit dans la chambre et se mit à pleurer. Il pleura parce que son amant avait souffert, parce qu'il était désormais seul et que le monde s'écroule en très peu de temps. Mais il lui fallut vite cesser de pleurer pour réfléchir. La maison serait vendue le lendemain et les trois sœurs se partageraient l'argent. Jeffrey n'avait nulle part où aller, aucun moyen de gagner sa vie et n'était plus aussi jeune qu'avant. Il se leva et erra de pièce en pièce dans la maison vide pour voir si on lui avait laissé quelque chose.

Il entra dans la dernière pièce, où le chien dont nul n'avait voulu était couché. Jeffrey le regarda et demanda tristement :

– Que vais-je faire de toi ?

Le chien réfléchit au problème.

– Achète-moi une paire de bottes, suggéra-t-il.

Vous imaginez la surprise de Jeffrey quand le chien lui répondit, car il s'était demandé ce qu'il allait faire de sa personne, bien sûr, et non de l'animal. Mais le chien, ayant trouvé sa voix, persista :

– Je suis sérieux. Achète-moi une paire de bottes. Et pas des noires. Des rouges.

Jeffrey sortit son portefeuille et y trouva quelques dollars. Il haussa les épaules.

– J'ai l'impression que mon cœur est sorti de ma poitrine, soupira-t-il. Alors pourquoi ne pas acheter des bottes à un chien.

Cette nuit-là, Jeffrey dormit à même le sol, la tête appuyée contre le chien dont nul ne voulait.

Au matin, il quitta la maison pour toujours et se rendit chez un marchand de chaussures.

– Je t'attends dehors, dit le chien.

Jeffrey entra et acheta les plus petites bottes dont disposait le vendeur – il n'en avait jamais vues d'aussi petites, et elles étaient rouges. Après les avoir payées, il ne lui resta plus que quelques cents. Il apporta les bottes au chien.

– Tu peux m'aider à les mettre ? demanda l'animal.

Jeffrey s'agenouilla et les lui enfila.

– Il manque quelque chose, reprit le chien. Elles ne me vont pas tout à fait.

Jeffrey sortit ses deux dernières pièces de sa poche et en glissa une dans chaque botte.

Le chien se dressa sur ses pattes arrière et fit quelques pas sur le trottoir.

– Génial ! s'écria-t-il sur un ton approbateur. Génial, génial, génial !

Et comme il avait changé ! Son poil épais et brillant avait repoussé, ses testicules avaient dégonflé et repris une taille plus convenable et ses oreilles pointaient vers le haut. Il prit tout de suite Jeffrey par le bras, le conduisit dans un parc voisin et le fit asseoir sur un banc dont une partie était au soleil et l'autre à l'ombre.

– Je vais aller nous chercher à manger, annonça-t-il. Ça ira, si je te laisse ici ?

Jeffrey se contenta de hausser les épaules et hocher la tête.

Le chien traversa le parc et fit un énorme bouquet de toutes les fleurs qui poussaient là. Puis il traversa vite la ville avec son bouquet jusqu'à l'immeuble où le prince avait ses bureaux en terrasse. Un agent de sécurité vêtu d'un blazer marron se tenait à la porte.

– Les chiens ne sont pas admis dans le hall, dit-il.

– Parfait, répondit le chien. Vous utilisez la méthode tout dans les muscles, rien dans la tête, et je suis sûr que le prince sera ravi de l'apprendre. Mais ces fleurs ont été cueillies il y a dix minutes par le marquis Jeffrey de Carabas en cadeau pour le prince. Et si je ne les livre pas avant qu'elles se fanent, je ne donne pas cher de votre emploi.

Le travail ne courait pas les rues et l'agent de sécurité se faisait beaucoup de souci pour le sien.

– Je peux vous donner un sauf-conduit visiteur, dit-il. Vous pourrez aller jusqu'au bureau de la réceptionniste, mais ensuite il faudra vous débrouiller avec elle.

– Merci, répondit le chien. Pouvez-vous m'ouvrir la porte ?

Il traversa le hall, prit l'ascenseur jusqu'au dernier étage et se posta devant le bureau de la réceptionniste.

– Des fleurs pour le prince, annonça-t-il.

La réceptionniste leva le nez de son magazine. Elle n'aimait pas qu'on la dérange.

– Toutes les livraisons transitent par le service du courrier au seizième étage, répondit-elle.

– Certainement, convint le chien. Mais ces fleurs ont été cueillies dans la propriété du marquis Jeffrey de Carabas il y a dix minutes et si la rosée sèche sur leurs pétales avant que le prince les voie… Je ne donne pas cher de votre emploi.

La réceptionniste avait aussi peur du chômage que l'agent de sécurité.

– Je peux vous faire entrer dans le bureau du secrétaire particulier du prince, proposa-t-elle. Mais il faudra vous débrouiller avec lui pour voir le prince.

– Mais, je vous en prie, faites, répondit le chien.

La réceptionniste s'exécuta. Le chien se posta devant le bureau du secrétaire particulier du prince.

– Des fleurs pour le prince, annonça-t-il.

Le secrétaire particulier leva les yeux du document qu'il lisait et regarda le chien des pieds à la tête.

– Un instant, je vous prie, fit-il.

Puis il se rendit dans le luxueux bureau du prince.

Le prince était à un stade de sa vie – c'est-à-dire entre la puberté et la mort – où une relation sentimentale ne lui aurait pas fait de mal. Seulement voilà : il s'ennuyait rapidement. Ce trait de caractère est déjà intimidant chez tout un chacun, mais quand on dînait avec le prince, la soirée pouvait fort bien se terminer par un long séjour au donjon, au pain sec et à l'eau. Voilà pourquoi fort peu d'hommes se risquaient à inviter le prince, et comme cela durait depuis un moment, il devenait tendu et frustré. Le secrétaire particulier se dit qu'un chien parlant porteur d'un bouquet de fleurs sauvages était susceptible d'égayer son humeur. Il dit donc au prince :

– Quelqu'un souhaiterait vous voir.

Le prince abandonna sa contemplation de la fenêtre, se retourna, la coiffure impeccable, le costume irréprochable et dit :

– Très bien. Mais dites-lui d'être bref.

Le secrétaire particulier recula et invita le chien à entrer. Au moment où celui-ci passa devant lui, il murmura :

– Bonne chance.

Le chien s'inclina profondément et dit :

– Un bouquet de la propriété du marquis Jeffrey de Carabas, en signe modeste de son immense estime pour vous.

Il tendit les fleurs au prince.

Le prince fut charmé par le chien et lui consacra le temps de parler de ceci et de cela. Quand il fut l'heure pour le chien de partir, le prince ôta un pin's du revers de sa veste ; un pin's de cuivre en forme de cœur.

– Pour le marquis Jeffrey de Carabas, dit-il. Avec mes compliments.

Le chien s'inclina de nouveau et prit congé. Le secrétaire particulier revint avec un vase et se mit à équeuter et arranger les fleurs.

– À votre connaissance, musarda le prince, portant une branche de jasmin à son nez, combien d'hommes emploient un chien parlant en guise de messager ?

– En comptant le marquis Jeffrey de Carabas ? s'enquit le secrétaire particulier. Un seul.

Il était heureux de voir que l'intérêt du prince avait été éveillé.

Entre temps, le chien retourna dans le parc où il avait laissé Jeffrey. En chemin, il fit halte dans un delicatessen. Il gratta sur le comptoir pour attirer l'attention du serveur et lui montra le pin's de cuivre en forme de cœur.

– Je suis certain que vous reconnaissez ceci, dit-il d'un air plein d'assurance. Il appartient au prince et fut offert il y a quelques instants à mon maître, le marquis Jeffrey de Carabas, en signe de la haute estime en laquelle le tient le prince. Deux de vos meilleurs sandwiches, je vous prie et quelques barquettes de vos meilleurs produits. Je puis vous assurer que le prince entendra parler de votre établissement.

Le serveur haussa les sourcils. Il reconnaissait le pin's – chacun savait que le prince collectionnait les pin's en forme de cœur – mais celui-ci n'était qu'en cuivre. Il haussa les épaules, prépara un sandwich thon-mayonnaise, l'enveloppa dans du papier, le fit glisser sur le comptoir vers du chien et dit :

– Bon appétit au marquis de Carabas.

Et il retourna à son travail.

Le chien prit le sandwich à la salade de thon et rentra au parc. Jeffrey était assis exactement au même endroit, les yeux baissés, et fixait une chose qui n'était ni là ni ailleurs.

– Déjeuner, annonça gaiement le chien en déballant le sandwich sur le banc.

Jeffrey considéra le sandwich et secoua la tête.

– J'ai l'impression que mon cœur est sorti de ma poitrine, dit-il d'une voix morne comme une feuille de vieux papier journal. Je n'aurai plus jamais envie de manger.

– Il faut manger quelque chose, répliqua fermement le chien. Quant à ton cœur, voici un cadeau du prince.

Il épingla le pin's de cuivre en forme de cœur au revers de sa veste. Ce cœur n'était pas grand chose, mais c'était déjà ça et Jeffrey se sentit un peu mieux. Il prit une bouchée de sandwich, puis retourna à sa contemplation. Le chien demeura à ses côtés tout l'après-midi et Jeffrey passa la nuit sur le banc, la tête appuyée contre le chien.

Le lendemain, le chien s'éveilla avant l'aube.

– Voyons si j'arrive à nous trouver un meilleur déjeuner, aujourd'hui, dit-il avant de partir.

Il traversa le parc en rampant et se coula près de deux merles moqueurs en quête de vers. Ils semblaient si contents d'eux, debout de si bon matin, et si occupés par leur chasse que le chien réussit à les attraper. Il arracha avec précaution les plumes qui leur servaient à voler et leur dit :

– Vous avez beaucoup de chance, mes amis. Dorénavant, vous vivrez chez le prince. Et pour vous assurer une vie de luxe, il vous suffira de chanter pour lui.

Il leur apprit toute une série de chansons en les emportant à travers la ville et, une fois leur indignation première passée, les oiseaux se montrèrent très bons élèves.

Le secrétaire particulier du prince avait touché un mot à l'agent de sécurité et à la réceptionniste pour le cas où un chien parlant se présenterait : il fallait le traiter avec la plus grande courtoisie et l'introduire sans délai. Par conséquent, le chien se retrouva dans le bureau du prince très vite après son arrivée. Il s'inclina.

– De la part du marquis Jeffrey de Carabas, dit-il. Pour éclairer vos heures sombres, si par malheur il en survenait une.

Il posa les deux merles moqueurs sur le bureau du prince. Les oiseaux avancèrent en sautillant et se lancèrent dans un pot pourri de vieilles chansons de Broadway avant de se retirer avec coquetterie derrière l'ordinateur du prince, dans l'unique espoir de glaner quelques rappels insistants.

Le prince fut ravi. Il ôta le pin's qu'il portait au revers de sa veste, un pin's d'argent en forme de cœur, et le fixa sur le chien.

– Pour le marquis Jeffrey de Carabas, dit-il.

Le chien s'inclina de nouveau et sortit.

Le secrétaire particulier entra avec une boîte en carton pleine de vers et deux baguettes chinoises.

– Jeffrey, Jeffrey, murmura le prince qui fouillait sa mémoire. Est-ce que je connais un Jeffrey ?

– Je suis certain que vous le sauriez, si c'était le cas, répondit le secrétaire particulier en présentant entre les baguettes un ver à un merle.

Sur le chemin du parc, le chien s'arrêta de nouveau au delicatessen. Il montra le pin's du prince au serveur.

– Le marquis Jeffrey de Carabas ne cesse de monter dans l'estime du prince, dit-il. Un homme d'affaires avisé sait sur quelle face du pain étaler le beurre.

« Tiens, le pin's en forme de cœur est en argent, cette fois, remarqua le serveur. Voyons ce que je peux faire. »

Il prépara deux sandwiches au pastrami, une demie-livre de chou rémoulade, quelques petits légumes au vinaigre, et plaça le tout dans un sac blanc.

– Faites bien savoir au marquis de Carabas que le pastrami est extra-maigre, recommanda le serveur au chien.

Le chien emporta le sac au parc. Jeffrey était assis sur le banc, pas tout à fait à la même place, la tête dans les mains et les larmes aux yeux.

– J'ai rapporté le déjeuner, dit gentiment le chien en posant la nourriture à côté de Jeffrey.

– Mon cœur est sorti de ma poitrine, se lamenta Jeffrey.

Sa voix ressemblait à une rivière à la fin de l'hiver : toujours en partie gelée mais qui recommençait à couler.

– Je n'ai pas faim.

– Il faut manger, le réprimanda le chien. Quant à ton cœur, voici un cadeau du prince.

Il épingla le pin's d'argent en forme de cœur par dessus celui de cuivre, car étant un peu plus grand, le pin's d'argent contenait aisément celui de cuivre. C'était vraiment un joli cœur et Jeffrey se sentit un peu mieux à sa vue. Il mangea la moitié d'un sandwich, puis retourna à son chagrin entrecoupé à l'occasion d'une brève promenade. Le chien demeura en sa compagnie tout l'après-midi et Jeffrey passa la nuit sur le banc, la tête appuyée contre le chien.

Au matin, le chien fouilla soigneusement le parc à la recherche d'un écureuil. Il en vit un descendre en tournoyant le long d'un tronc d'arbre et s'aventurer sur l'herbe. Le chien fut sur lui en un instant. Après un bref combat, il mit sa tête tout près de celle de l'écureuil et émit un long grognement qui offrit à l'écureuil une vue imprenable sur sa dentition. Puis, le bout de sa botte posé sur le bout de la queue de l'écureuil, il s'assit et dit d'une voix aimable :

– J'ai un très grand service à te demander.

– Tout ce que tu voudras, répondit l'écureuil avec emphase. Absolument tout.

– Depuis longtemps, mon très bon ami le prince désire la compagnie d'un écureuil dressé… commença le chien.

– N'en dis pas plus, l'interrompit l'écureuil en levant une petite patte noire. Voilà une incroyable coïncidence. Figure-toi que parmi tous les rongeurs de la ville, c'est moi qui possède le répertoire le plus complet en matière de tours charmants. Pourquoi chercher plus longtemps ? Allons voir ton prince.

Et ils s'en furent.

Dans le bureau du prince, l'écureuil se montra aussi brillant qu'il l'avait dit. Il tira des pièces de monnaie des oreilles du prince, brisa une montre dans un mouchoir pour la ressortir comme neuve et fit un très amusant tour de cartes. Pour clore le spectacle, il courut après sa queue, faisant mine de la chercher. Le prince fut ensorcelé et applaudit chaleureusement quand l'écureuil eut terminé.

– Absolument délicieux, commenta-t-il.

Il ôta le pin's qu'il portait au revers de sa veste, un grand pin's d'or en forme de cœur, et le fixa sur le chien.

– Pour le marquis Jeffrey de Carabas, dit-il. Dites-moi, quand le rencontrerai-je ?

– Certes, je ne puis rien vous promettre, répondit le chien en haussant les épaules. Mais si vous passiez près du parc demain matin, vous pourriez bien tomber sur le marquis Jeffrey de Carabas pendant qu'il fait son jogging d'avant le petit-déjeuner.

Puis il s'inclina et sortit.

Le secrétaire particulier du prince entra avec un panier de glands.

– Si c'est son chien, dit tout haut le prince, je me demande à quoi ressemble Jeffrey.

– Il doit être absolument fascinant, répondit le secrétaire particulier.

Il reprit sa montre à l'écureuil et lui offrit un gland.

Sur le chemin du parc, le chien fit halte au delicatessen. En voyant le pin's d'or, le serveur applaudit et un jeune homme sortit de l'arrière-boutique.

– Aide-moi à servir ce gentilhomme, ordonna le serveur.

Ils tranchèrent jambon italien et jambon de la Forêt Noire, enveloppèrent saumon fumé et bouteilles de vin recouvertes de poussière, sortirent caviar et truffes au chocolat. Le serveur emballa le tout dans un panier d'osier contenant des serviettes en lin, l'offrit au chien et lui tint la porte.

– Votre générosité sera récompensée, promit le chien en s'éloignant d'un pas alourdi.

– Pour le marquis de Carabas, c'est ce que vous voulez quand vous voulez, répondit le serveur avec révérence. Et n'oubliez pas que nous livrons, cria-t-il encore.

À son arrivée, le chien trouva le banc vide, mais il y étala la nourriture et ouvrit le vin. Jeffrey revint au bout d'un petit moment. Il s'était peigné les cheveux et lavé.

– Déjeuner ? fit le chien.

– Mon cœur est sorti de ma poitrine, répondit Jeffrey avec impatience. Pourquoi ne cesses-tu pas de m'importuner avec la nourriture ?

– Il faut manger, expliqua le chien. Quant à ton cœur, regarde. Un cadeau du prince.

Il épingla le pin's d'or en forme de cœur par dessus les pins d'argent et de cuivre, le pin's d'or s'adaptant si parfaitement que les trois ne faisaient qu'un. Il était beau, et Jeffrey se sentit bien en le regardant. Il s'assit à un bout du banc, le chien à l'autre, et ils firent un excellent repas. Le reste de l'après-midi, Jeffrey musarda dans le parc, à respirer les fleurs, ou à rester assis sur le banc en regardant passer les nuages. Le chien lui tint compagnie. Jeffrey passa la nuit sur le banc, la tête appuyée contre le chien.

Au matin, le chien secoua doucement Jeffrey pour le réveiller.

– Enlève tes vêtements et donne-les moi, dit-il.

– Pourquoi ? marmonna Jeffrey.

– Nous n'avons pas beaucoup de temps. Fais-le, c'est tout, pressa le chien.

Jeffrey obtempéra. Le chien ôta le pin's d'or en forme de cœur de la veste de Jeffrey et le lui tendit.

– Quoi qu'il arrive, ne le perds pas, prévint-il.

Il mit ensuite les vêtements dans une poubelle et dissimula Jeffrey derrière des buissons à l'entrée du parc.

Peu après, la voiture du prince arriva, conduite par le secrétaire particulier, le prince assis à l'arrière, jetant un coup d'œil anxieux par une vitre puis par l'autre. Le chien courut sur la chaussée.

– Au secours ! cria-t-il. Au voleur ! Police !

La voiture s'immobilisa et le prince abaissa prestement sa vitre.

– Bonjour, dit-il. Que se passe-t-il ?

– Oh, Dieu merci, vous êtes là, s'écria le chien. On vient d'agresser le marquis Jeffrey de Carabas pendant qu'il faisait son jogging d'avant le petit déjeuner. Ils étaient au moins dix. Ils ont tout pris : son portefeuille, son survêtement de soie, ses chaussures de course parfaitement aérodynamiques. Tout…

Il marqua une pause pour souligner ses propos.

– …Sauf le pin's d'or en forme de cœur. Il s'est battu comme un lion et a fini par les mettre en fuite tous les trente. Mais il se trouve à présent dans une posture embarrassante.

Le sang du prince ne fit qu'un tour en apprenant que le marquis Jeffrey de Carabas s'était fait agresser, puis se figea en entendant qu'il avait sauvé le pin's en forme de cœur malgré d'aussi nombreux assaillants. Heureusement, le prince ne sortait jamais sans une tenue complète de rechange, chaussures comprises. Il la mit à la disposition du chien pour Jeffrey. Le chien emmena le tout derrière les buissons où l'attendait en tremblant Jeffrey, et l'aida à s'habiller. Jeffrey leva le menton pour que le chien puisse faire le nœud de sa cravate et demanda :

– Que va-t-il se passer ?

– Tu vas rencontrer ton admirateur, le prince, expliqua le chien.

Il épingla le pin's d'or au revers de la veste et recula. Jeffrey avait l'air d'un prince dans le costume du prince.

– Viens, dit le chien.

– Je suis navré de vous rencontrer dans ces circonstances, assura le prince, tandis que le secrétaire particulier ouvrait la portière à Jeffrey. Mais je suis si heureux de faire enfin votre connaissance. Puis-je vous déposer quelque part ?

– À la propriété du marquis Jeffrey de Carabas, indiqua le chien en s'asseyant à côté du secrétaire particulier. Je vais vous montrer le chemin.

Il dirigea le secrétaire particulier vers le quartier le plus chic de la ville tandis que Jeffrey et le prince découvraient qu'ils se plaisaient énormément. Au bout d'un moment, le chien dit au secrétaire particulier :

– C'est la maison en haut à droite, la grande. Je vais aller en avant pour m'assurer que tout est en ordre.

– Bonne chance, lui répondit le secrétaire particulier.

Et le chien détala.

Arrivé à la maison, un architecte-paysagiste et ses assistants déplaçaient une butte d'une extrémité à l'autre du terrain.

– Bonjour, fit le chien. Dites-moi, à qui appartient cette demeure ?

– Elle appartient à l'ogre, répondit l'architecte-paysagiste. Et nous travaillons pour lui. Ne nous interrompez pas, je vous prie. Si nous n'avons pas déplacé cette butte à l'heure du déjeuner, il nous en cuira.

– Vous faites du très bon travail, remarqua le chien. Mais je suis navré d'apprendre que c'est pour l'ogre. Voyez-vous, tandis que nous parlons, le prince arrive à la tête de ses forces de sécurité pour arrêter l'ogre et ses complices, coupables de crimes perpétrés à l'encontre de personnes trop nombreuses pour les citer. Regardez, la voiture du prince arrive, et ils sont des dizaines derrière lui. Je crains que vous n'ayez des ennuis.

– Nous ne sommes pas ses complices, protesta l'achitecte-paysagiste. Il ne nous paie même pas. Qu'allons-nous faire ?

– Il y a peut-être un moyen de vous tirer de là, suggéra le chien. Si l'on vous interroge, dites que vous travaillez pour le marquis Jeffrey de Carabas.

L'architecte-paysagiste promit et remercia le chien, qui se rendit à la maison.

Un jeune domestique balayait les marches du perron.

– Bonjour, dit le chien. Je suis bien chez l'ogre ?

– Assurément, répondit tristement le jeune domestique. Et si j'étais à votre place, je passerais mon chemin.

– Oh, mais je crains de ne pas pouvoir, répliqua le chien. Le prince arrive à la tête de ses forces de sécurité pour arrêter l'ogre et tous ses complices. Je suis venu en avant pour m'assurer que c'était bien chez lui. J'espère que vous avez un bon avocat.

– Je ne suis pas son complice, s'indigna le jeune domestique. Je suis son serviteur, et ce ne serait pas le cas s'il ne m'avait menacé de me manger si j'essayais de me sauver. Que vais-je faire, maintenant ?

– Il existe un moyen très simple de sortir de ce mauvais pas, répondit le chien d'une voix apaisante. Si l'on vous interroge, dites que vous travaillez pour le marquis Jeffrey de Carabas. Et, je vous en prie, continuez de balayer. Vous faites de l'excellent travail. Je vais entrer pour procéder à une petite enquête préliminaire.

Et il entra.

Il visita la maison de fond en combles et se familiarisa avec les différentes pièces et tout ce qu'elles contenaient. La dernière pièce était le bureau de l'ogre. Le chien ouvrit la porte sans bruit et le vit en personne. Il ressemblait un peu à un homme, beaucoup à une pomme de terre, mais en bien, bien plus gros, et portait un costume noir miteux. En sa qualité d'ogre, il n'avait pas de cœur et s'était mis à collectionner les cœurs que des gens perdaient par chagrin. Il était plongé dans sa collection, étalée devant lui sur son bureau, et n'avait donc pas entendu le chien entrer. Il s'amusait tant avec ses cœurs : il les classait, les empilait, les regardait dans la lumière et grognait de contentement. Parmi ces cœurs, le chien repéra celui de Jeffrey. Il s'éclaircit la voix.

– Qui a laissé ce chien entrer ? gronda l'ogre.

Il entoura sa collection de cœurs de ses bras et la ramena vers lui.

– Sors d'ici, sale clebs. Ouste !

– Oh, ne faites pas attention à moi, dit le chien sur un ton amical. Je suis un voisin venu vous saluer. Dites, c'est une sacrée collection de cœurs que vous avez là.

– N'y touchez pas ! aboya l'ogre.

– Ne vous faites pas de souci, je n'y toucherai pas, dit le chien en reniflant pour marquer une prétendue vexation. Je suis sûr qu'ils sont très bons. Pas autant que certains que j'ai vus, toutefois.

– Vous en avez déjà vus de meilleurs ? demanda l'ogre dont la curiosité avait été piquée malgré lui.

– Je connais un endroit où les cœurs sont bien supérieurs à ceux-là, affirma le chien. Plus grands. Et plus pleins. Et dans cet endroit que je connais, les gens sont si tristes que leur cœur saute tout seul de leur poitrine. On les attrape avec des filets à papillons.

– Vraiment ? haleta l'ogre. Pensez-vous que nous pourrions nous y rendre ? Au fait, aimeriez-vous une écuelle d'eau, par exemple ?

– Non, merci, répondit le chien. J'aimerais beaucoup vous y emmener car je vois que vous êtes un fin connaisseur. Mais je crains que vous ne soyez trop gros. Vous voyez, l'entrée de cet endroit est très, très étroite. Vous ne passeriez jamais.

– C'est tout ce qui vous arrête ? s'enquit l'ogre en riant. Regardez ça.

Il inspira profondément, expira et diminua de moitié.

– C'est incroyable, commenta le chien sur un ton très admiratif. Mais vous êtes encore un peu trop gros.

– Aucun problème, assura l'ogre.

Il expira encore et diminua de moitié.

– Est-ce assez ?

– Eh bien, dit le chien en faisant le tour du bureau pour l'examiner. Je suis navré de vous ennuyer, mais pourriez-vous recommencer encore une fois ?

– Je peux faire cela toute la journée, se vanta l'ogre.

Il expira une troisième fois et devint vraiment minuscule.

– Alors ?

– C'est parfait, je pense, répondit le chien.

Il bondit sur l'ogre et le mâchonna comme un vieux chausson, en recrachant les morceaux à cause du goût amer. Dès qu'il eut fini, tous les cœurs posés sur le bureau de l'ogre se mirent à chanter et s'élevèrent en l'air. Le chien eut juste le temps de sauter pour rattraper celui de Jeffrey car les autres firent rapidement le tour de la pièce avant de s'envoler au loin, par la fenêtre ouverte.

Entre temps, le secrétaire particulier du prince avait perdu le chien de vue. Il s'arrêta devant la maison et demanda à l'architecte-paysagiste :

– Pardonnez-moi, pourriez-vous me dire qui habite ici ?

L'architecte-paysagiste et ses assistants laissèrent choir leurs outils.

– Nous travaillons pour le marquis Jeffrey de Carabas ! s'écrièrent-ils. Nous ne travaillerions jamais pour qui que ce soit d'autre.

– Eh bien, fit le secrétaire particulier à l'attention de Jeffrey, on ne peut nier que vous inspirez de la loyauté à vos employés.

Ils continuèrent jusqu'à la maison.

Le jeune domestique balayait les marches du perron. Dès que le secrétaire particulier ouvrit la portière à Jeffrey et au prince, le jeune domestique laissa choir son balai et s'écria :

– Je travaille pour le marquis Jeffrey de Carabas ! Jamais je n'accepterais de travaillez pour quelqu'un d'autre, jamais.

Le chien apparut sur le seuil.

– C'est très bien, dit-il au jeune domestique. Et si vous alliez préparer un brunch pour quatre ? Entrez tous, je vais vous faire visiter.

Il prit Jeffrey à part.

– J'ai quelque chose pour toi, dit-il en lui montrant son cœur.

À peine Jeffrey le vit-il que le cœur s'illumina intensément et sauta dans sa poitrine.

– Oh, soupira Jeffrey. Oh, je me sens tellement mieux. J'avais presque oublié.

Il rejoignit immédiatement le prince.

– Écoutez, dit-il. Je ne suis point marquis, je m'appelle tout simplement Jeffrey. Cette maison ne m'appartient pas et je ne l'avais jamais vue auparavant. Mon chien me l'a achetée. De quelle façon, je n'en pas la moindre idée. Alors, je devrais peut-être vous rendre votre cœur d'or.

Il ôta le pin's d'or en forme de cœur et le tendit au prince.

Pour le prince, ce geste couronnait le tout.

– Je vous aime bien, Jeffrey, dit-il avec un sourire. Les titres et les richesses, j'en ai plus qu'assez et je leur accorde peu d'importance. Quant à cette maison, si votre chien vous l'a achetée, elle vous appartient. Et pour mon cœur… eh bien j'aimerais que vous le gardiez car vous êtes le premier à qui j'ai eu envie de l'offrir. Alors, ajouta-t-il en posant sa main sur le bras de Jeffrey, si nous allions explorer votre nouvelle demeure ?

Et ils s'en furent, bras dessus, bras dessous.

Le secrétaire particulier sourit au chien.

– Hum, fit-il.

– Oui, renchérit le chien. N'est-ce pas ?

Puis ils allèrent au salon et discutèrent longuement de ce qui fait tourner le monde.

Le Roi Grenouille

Il était une fois un prince qui avait reçu un sourire d'or. Il avait par ailleurs reçu d'autres dons : un visage d'ange, une longue chevelure bouclée et un corps endurant. Mais son sourire était vraiment spécial. Quand il en usait, ce sourire lui ouvrait grandes toutes les portes, résolvait ses problèmes, lui gagnait l'attention des hommes et leur donnait l'envie irrésistible de lui plaire. C'était très important pour ce prince, qui s'appelait Thomas, car il avait besoin de beaucoup d'attention. Cela avait pour lui valeur d'or et, comme il était prince, son train de vie était fort dispendieux. En fait, il vivait dans une maison de gardien au-dessus du garage de quelqu'un d'autre, avait deux tenues de rechange dans un placard et rien dans le réfrigérateur à part un pot de café instantané. Mais l'attention qu'il suscitait partout où il passait valait pour lui un palais et un royaume. Il savait pouvoir obtenir n'importe quoi en dardant son sourire d'or et vivait sans souci.

Mais les années passèrent et s'en prirent aux nombreux dons de Thomas, comme ces hôtes d'une nuit qui partent avec les cendriers, les serviettes et l'argenterie. Peu à peu, Thomas captiva de moins en moins les hommes. Il demeura longtemps sans le remarquer et fit ensuite longtemps semblant de ne pas le remarquer.

Puis un jour, Thomas regarda autour de lui et s'aperçut qu'il ne vivait plus dans un royaume, mais dans un deux-pièces au-dessus du garage d'un autre. Il ignorait pourquoi exactement, mais c'était bel et bien arrivé. « Tout ce que je veux, c'est rester prince pour toujours, se dit-il raisonnablement. Où est le problème ? ». Perplexe et malheureux, il partit en promenade pour essayer d'analyser tout ceci.

Derrière le garage, la pelouse descendait une colline, et arrivé en bas, il tomba sur un puits dont il ne se rappelait pas l'existence.

Il regarda dedans. La surface de l'eau, dont le niveau était très bas, lui renvoya son reflet. Il fit son sourire d'or, qui était aussi beau que d'habitude. « Voilà le problème, se dit-il. Mon sourire d'or est tombé dans ce puits. Comment l'en sortir ? ».

Soudain, l'eau s'agita, son reflet se fragmenta et disparut. Quelque chose sauta hors du puits et Thomas s'écarta vivement. Une grenouille atterrit sur l'herbe à côté de lui. Thomas n'avait jamais beaucoup apprécié les grenouilles et celle-ci était énorme, aussi grande que lui. Pour dire la vérité, elle ressemblait beaucoup à un homme chauve, d'âge mur, avec un très gros ventre et des poches de peau et des bajoues en guise de visage.

– Aahh ! hurla Thomas en reculant.

La grenouille ne se vexa pas.

– Bonjour, Thomas, dit-elle avec amabilité. Tu as perdu quelque chose ?

Thomas n'avait guère envie de laisser une grenouille engager la conversation avec lui et se préparait à répliquer vertement. Mais il se dit que cette créature pourrait lui être utile.

– C'est exact, répondit-il en essayant de ne pas laisser son dégoût transparaître dans sa voix. Mon sourire d'or est tombé dans ce puits. Tu ne pourrais pas aller me le chercher ?

La grenouille hocha pensivement sa grosse tête.

– Que me donneras-tu ? finit-elle par dire.

– Je ne sais pas, répondit Thomas, soucieux d'abréger cette rencontre. Que veux-tu ?

– Ce que je veux, dit la grenouille avec un regard ferme, c'est manger avec ta fourchette et boire à ta coupe avec toi. Poser ma tête sur ton oreiller et regarder dans le miroir tandis que tu te rases.

Thomas était indigné.

– Jamais, cria-t-il en tapant du pied. Jamais, jamais de la vie !

La grenouille le laissa s'énerver puis, quand sa colère se fut transformée en bouderie, Thomas dit :

– Bon, d'accord. Va chercher mon sourire d'or et je te donnerai ce que tu veux.

– Donne-moi d'abord ce que je veux, répondit la grenouille.

– Ce n'est pas juste, protesta Thomas.

– Non, approuva la grenouille, non sans compassion. Mais c'est comme ça.

– D'accord, grommela Thomas. Viens, alors.

Et il partit vers son logement de gardien au dessus du garage.

– Marche moins vite, je n'arrive pas à te suivre, lui dit le batracien.

Thomas s'arrêta en grinçant des dents.

– Je ne suis plus aussi jeune qu'avant, ajouta la grenouille quand elle l'eut rejoint.

Thomas regarda la repoussante créature en haussant les sourcils.

– Oh, parce que tu as été jeune un jour ? demanda-t-il froidement.

– Et toi ? contra la grenouille.

– Excuse-moi, répondit Thomas, vexé. Mais je suis encore jeune, merci bien.

La grenouille ne répondit rien.

Arrivé chez lui, Thomas décrocha son téléphone.

– Je commande une pizza, annonça-t-il. À quoi est-ce que tu la veux ? N'importe ?

– Une pizza ? fit la grenouille en riant. Oh non, je ne digère pas bien la pizza. Je vais me lever toute la nuit. Non, il me faut une nourriture fibreuse et maigre. Voyons. Commande un morceau de poulet sans peau cuit à la vapeur, avec de la salade. Assaisonnement allégé.

– Bon, soupira Thomas. Et comme dessert ?

– Non, non, pas de dessert, merci, répondit la grenouille en se tapotant le ventre. Je n'ai vraiment pas besoin de calories.

Thomas passa donc leur commande. Ils mangèrent avec la même fourchette et burent à la même coupe, comme convenu. Thomas mourait d'envie d'un dessert riche et sucré, mais dut admettre que ce dîner léger réussissait mieux à son estomac que ses repas habituels.

– Délicieux, fit la grenouille en s'essuyant la bouche avec la serviette de Thomas. Maintenant, lisons un peu le journal avant d'aller au lit.

– Tu te couches si tu veux, rétorqua Thomas. Moi, je sors.

Il avait toujours adoré la nuit, voire les heures avancées de la nuit. C'était à ce moment-là que tout survenait – les aventures, les sensations, les rencontres fortuites – et il n'aurait raté cela pour rien au monde. Mais la grenouille avait d'autres idées en tête.

– Tu ne comprends pas, Thomas, dit-elle avec le plus de tact possible. Il faut que nous fassions tout ensemble. Et comme je ne peux pas rester debout si tard, cela veut dire que toi non plus.

Donc, après avoir lu le journal – la grenouille avait un faible pour la rubrique nécrologique – ils allèrent poser la tête sur le même oreiller.

Ils s'éveillèrent aux aurores et Thomas se sentit frais et dispos, alors qu'il avait coutume de se lever à midi, plus fatigué qu'en se couchant. La grenouille l'accompagna dans la toute petite salle de bains et le miroir refléta son visage tandis que Thomas se rasait. Voir cette figure dans la glace fit horreur à Thomas : fripée, bouffie et flasque, elle ne ressemblait en rien à un visage digne de ce nom. Il se rinça, se sécha et dit :

– Bon. Tu as mangé avec ma fourchette, bu à ma coupe, dormi sur mon oreiller et regardé dans le miroir pendant que je me rasais. J'espère que ça t'a plu, parce que j'ai soupé de ta compagnie.

La grenouille se racla la gorge, ce qui prit un peu de temps à cause des mucosités, et dit :

– Ah, Thomas. J'ai bien peur de devoir rester plus d'une nuit.

– Pardon ?

– Je veux dire que je vais rester.

– Rester ? s'écria Thomas. Jamais, jamais, jamais de la vie !

Il se jeta à terre, tapa des poings et des pieds contre le sol, poussa des cris et continua jusqu'à l'épuisement. Mais il n'y avait rien à faire. Il s'assit et regarda la grenouille qui se tenait dans l'embrasure de la porte et l'observait patiemment.

– Ce n'est pas juste, dit-il d'une voix enrouée.

– Non, répondit la grenouille d'une voix douce. Mais c'est comme ça.

– Je te hais. Ma vie est finie. Je ferais mieux de mourir tout de suite, dit-il avec un soupir et un haussement d'épaules.

La grenouille étouffa un rire.

– Bon. Il fait très beau, ce matin. Allons nous promener. Tu as besoin de temps pour t'y faire.

– Je ne m'y ferai jamais, répondit Thomas d'une voix misérable, même si l'idée d'une promenade ne lui paraissait pas si mauvaise.

Ils firent plusieurs fois le tour de la pelouse qui s'étendait derrière la maison de gardien, et la grenouille garda un silence plein de tact. Mais chaque feuille morte rencontrée rappelait à Thomas que la meilleure partie de sa vie était finie. Sa tristesse l'absorbait tant qu'il ne remarqua pas qu'à chaque tour de pelouse ils s'approchaient davantage de la forêt qui bordait les limites de la propriété. En effleurant son coude, la grenouille finit par guider Thomas sous les arbres.

Ils prirent un chemin qui depuis longtemps méritait à peine cette appellation et arrivèrent au bout d'un moment devant un magasin de vêtements pour hommes, niché entre les arbres.

– Tiens, fit Thomas en le voyant, un peu de shopping ne me fera sûrement pas de mal.

Ils entrèrent. Thomas regarda les cravates, les pulls, les chaussettes et les vestes, mais rien ne lui plut vraiment. Puis il repéra un très beau pantalon et décida de l'essayer. Il trouva sa taille. Mais la grenouille se racla la gorge, Thomas lui lança un regard furibond et constata qu'elle secouait la tête et désignait son gros ventre.

– Et alors ? fit Thomas. Quarante, c'est ma taille habituelle.

La grenouille prit le quarante-deux et suggéra :

– Essaie celui-ci.

– Oh, arrête, protesta Thomas.

Il emporta toutefois les deux dans la cabine d'essayage. Il s'aperçut que le quarante-deux ne lui serrait pas la taille, qu'il pouvait respirer et même s'asseoir. C'était sûrement plus confortable, mais il était peiné de ne plus faire du quarante, comme cela avait été si longtemps le cas. Il garda le pantalon sur lui, le régla et sortit du magasin.

– Il te va très bien, commenta la grenouille.

– On t'a sonnée ? cingla Thomas.

Ils repartirent sur le chemin à présent de mieux en mieux entretenu et la grenouille prit le bras de Thomas. Ils arrivèrent devant une salle de sport, construite derrière les arbres.

– Génial, fit Thomas. Je me sentirai mieux après une séance et un sauna. Je me sens toujours mieux après.

Ils entrèrent.

Thomas se déshabilla, entra dans la salle de musculation, la grenouille sur les talons. Il s'échauffa, puis alla choisir sur le rack des poids pour le renforcement des biceps. Le batracien émit un coassement.

– Quoi ? grommela Thomas.

La grenouille mit la main dans le creux de son dos et suggéra :

– Des poids un peu plus légers, peut-être ? Il ne faudrait pas se blesser.

– Ce sont les poids que j'utilise toujours pour me muscler les biceps, rétorqua Thomas.

Il commença ses exercices.

Mais il se fatigua plus vite que de coutume, ses muscles se mirent à tressaillir et ses biceps à lui faire mal. Il remit les poids en place et sentit quelque chose claquer comme un élastique dans le bas du dos.

– Argh, fit-il, le visage tordu de douleur.

– Le sauna te fera du bien, dit fermement la grenouille.

Thomas ne termina donc pas sa séance d'entraînement et se contenta d'un long sauna. Sa douleur disparut, mais il se sentit encore plus triste en réalisant que c'en était fini de ses bras et de son torse musclés. Ils se douchèrent et quittèrent la salle de sport. Ils repartirent sur le chemin, le bras de la grenouille passé autour des épaules de Thomas. Il était très lourd. Ils parvinrent devant un bar, niché parmi les arbres.

– J'ai besoin d'un verre, dit Thomas.

Ils entrèrent.

À l'intérieur, Thomas ne reconnut personne et son arrivée ne suscita l'intérêt de personne. De plus, la musique lui parut étrangère et trop forte. Il passa commande et s'assit tout au bout du comptoir, tenant davantage compagnie à son verre que ne s'y intéressant. Un très séduisant jeune homme entra, s'assit à l'autre bout du comptoir et commanda une bière. Ses yeux étaient comme des aimants, sa prestance un vrai régal. Thomas émergea d'un coup de sa déprime et le désira comme un antidote à une morsure de serpent. Il allait se lever pour engager une conversation pétillante avec le jeune homme lorsqu'il aperçut le visage de la grenouille dans le miroir derrière le bar. Même dans la pénombre, on ne pouvait manquer de voir que c'était le visage d'une grenouille.

– À quoi bon, grogna-t-il.

Il reposa son verre et sortit. La grenouille avait terminé son soda et le suivit.

Dehors, elle monta sur son dos. C'était un véritable fardeau, mais Thomas la porta. Il ne s'était jamais senti aussi malheureux. Il progressa péniblement sur le chemin de plus en plus mou et collant sous ses pieds et qui prit fin devant un marécage. Au bord de ce marécage poussait un palétuvier et là, sur une branche surplombant le chemin, se tenaient trois grenouilles. Thomas fut stupéfait de constater qu'elles étaient encore plus grosses que celle qu'il portait sur son dos. Chacune était coiffée d'une couronne d'or.

L'une lui tournait le dos, tandis que les deux autres lui faisaient face et le regardaient s'approcher.

– Comment ça va, toi ? s'enquit une grenouille.

Il allait répondre « Très mal », quand il s'aperçut qu'elle s'adressait à la grenouille sur son dos.

– Ça pourrait aller mieux, mais ça pourrait aussi aller plus mal, répondit la grenouille de Thomas. J'ai pris quelques kilos et j'ai un rhumatisme dans le bas du dos.

– Ne me parle pas de kilos en trop, dit avec commisération la grenouille couronnée d'or en tapotant son gros ventre.

Puis elle gloussa complaisamment.

– Ne me parle pas de rhumatisme dans le bas du dos, dit la seconde grenouille couronnée en se frottant l'échine.

Puis elle se mit à glousser à son tour, sans paraître affectée.

Alors, comme si c'était la chute d'une blague qu'elles connaissaient par cœur et qu'elles aimaient d'autant plus, les deux grenouilles couronnées et celle de Thomas se mirent à hurler :

– Ne me parle pas de vestes dans les bars.

Et elle éclatèrent d'un rire incontrôlable.

– Oh, oh, oh, s'étranglèrent-elles. Tu parles d'un monde !

Sans comprendre la blague, Thomas se dit qu'elles allaient tomber de leur branche. Il attendit qu'elles se calment avant de passer dessous.

De l'autre côté de l'arbre, il se retourna pour voir la troisième grenouille couronnée. S'il s'attendait à ce qu'elle soit aussi joviale que les autres, il fut déçu. Elle était tranquillement assise au dessus du marécage. Lorsqu'elle s'aperçut qu'il l'observait, elle fronça les sourcils et lui dit d'une voix sévère :

– Thomas, une grenouille sans couronne, ce n'est pas beau à voir.

Il savait qu'elle faisait allusion à sa grenouille, mais resta sans réponse. Il demeura immobile, très gêné.

Constatant son embarras, la troisième grenouille s'adoucit.

– Tu sais, il y a des sables mouvants dans ce marécage, dit-elle.

– Que dois-je faire ? demanda humblement Thomas.

– Dépose cette grenouille paresseuse à terre et oblige-la à te porter, conseilla la troisième grenouille.

Puis elle se replongea dans sa contemplation du marécage.

Cela sembla tellement évident à Thomas qu'il se demanda comment il n'y avait pas pensé lui-même. Il déposa la grenouille et lui demanda, un peu timidement :

– Bon. Tu veux bien me faire traverser le marécage ?

Les yeux de la grenouille se mirent à briller.

– Mais avec grand plaisir, Thomas, répondit-elle. Monte sur ma tête pour ne pas te mouiller.

Il s'exécuta. La grenouille se releva et s'enfonça dans le marécage, le balançant sur sa tête comme un paquet de linge.

Quel marécage ! Ce n'était pas une tourbière ou un estuaire de carte postale avec des grues qui draguaient l'eau, mais le Marécage du Bout du Monde. Tout n'était que brume et silence, mousse bleue et eaux noires sur un océan d'oubli. Si Thomas y était entré seul, il se serait abîmé dès le troisième pas, ce qui était arrivé à Dieu sait combien d'autres. Mais grâce aux grands pieds de la grenouille et à son habileté à flotter, ils avancèrent sans encombre, l'humidité rafraîchit et réjouit même la grenouille, qui se mit à siffloter en pataugeant et à chanter en nageant. Il atteignirent enfin l'autre rive et Thomas reprit pied sur la terre ferme.

– Je n'aurais jamais pu traverser sans ton aide, dit-il sans savoir s'il exprimait sa gratitude ou son étonnement.

Toujours est-il qu'il tendit sa main à la grenouille.

– En effet, répondit-elle, tu n'aurais pas pu.

Elle lui serra la main.

– Nous continuons ? s'enquit-elle.

Il n'y avait plus de sentier, mais ils trouvèrent leur chemin en bavardant de ceci et de cela. Ils arrivèrent enfin à la lisière de la forêt et sortirent de sous les arbres. Cette forêt devait faire le tour du monde car, en face, il y avait une rue passante de l'autre côté de laquelle se dressait la grande maison avec le garage au dessus duquel habitait Thomas. Il ne s'était encore jamais rendu compte à quel point cette maison était grande. On aurait dit un château avec ses tourelles et ses étendards flottant au vent. Ils attendirent une brèche dans le flot de véhicules pour traverser. Une voiture finit par s'arrêter pour les laisser passer. Thomas vit que le conducteur était le jeune homme du bar. Il le remercia d'un signe de tête et le jeune lui fit un clin d'œil et un sourire bref mais éclatant avant de redémarrer en trombe. Ce n'était qu'un sourire éclair, presque impersonnel, comme une pièce que le riche lance au pauvre, sans y penser. Mais Thomas le reconnut sur-le-champ.

– C'était mon sourire d'or, dit-il à la grenouille, ahuri. Tu as vu ? Ce môme avait mon sourire d'or.

– C'était le tien avant, répondit-elle en le regardant. Maintenant, c'est le sien. Et plus tard, celui d'un autre.

– Le mien avant, maintenant le sien, répéta Thomas.

Il hocha la tête en signe d'approbation car il comprenait. Puis il ajouta :

– Eh bien, j'espère qu'il en profite autant que moi.

– Eh oui, répondit la grenouille en riant et en lui donnant un petit coup de coude. Drôle de monde, non ?

C'était bien vrai et Thomas fut obligé de rire aussi. Ils remontèrent l'allée menant à la maison, mais au lieu de continuer jusqu'au garage et au logement de gardien, la grenouille prit Thomas par le bras et le conduisit à la porte d'entrée.

– Qu'est-ce que tu fais ? demanda Thomas qui n'était encore jamais entré dans cette maison. Je ne suis pas sûr que ce soit une bonne idée.

– Moi, si, répliqua la grenouille. Sûre comme deux et deux font quatre.

Non seulement Thomas n'était jamais entré dans la maison, mais il n'avait jamais rencontré son propriétaire. Il était allé vivre dans la maison de gardien quand il était encore tout jeune et qu'il commençait à s'apercevoir que les hommes le remarquaient. Il avait d'abord pensé que le propriétaire était un bienfaiteur secret, qui savait qu'il était très spécial et tenait à l'aider, ce qui lui semblait sensé. Puis la chose lui était tout à fait sorti de l'esprit. Quand la grenouille ouvrit la porte, il lui vint soudain une idée.

– C'est toi, le propriétaire, n'est-ce pas ? lui demanda-t-il.

– Il y a un portrait de lui à l'intérieur, répondit la grenouille en s'écartant pour le laisser entrer.

Thomas entra.

La maison était magnifique, pleine de lumière et d'ombres profondes, pourvue de vastes pièces qui s'ouvraient tout le long du hall et d'une multitude de vases remplis de fleurs fraîches. Un tableau au cadre ouvragé était accroché à un mur, recouvert d'un drap qui le protégeait de la poussière. Thomas alla ôter le drap. Il vit immédiatement qu'il avait eu raison : c'était bien un portrait de la grenouille. Sur ce portrait, la grenouille portait toutefois une couronne d'or, ce qui modifiait considérablement son aspect. Elle semblait sereine, sage et prête à tout trouver drôle, y compris elle-même. Et ses yeux avaient quelque chose d'étrange, comme la réponse à une question que Thomas n'aurait jamais su formuler. Il s'approcha pour mieux voir, le portrait s'approcha pour mieux voir et Thomas se rendit compte qu'il se tenait devant un miroir. Il cligna des yeux et ne vit plus du tout un visage de grenouille, mais le sien, un peu plus vieux, car c'était inévitable.

– Viens voir, cria-t-il à la grenouille en riant. Viens voir qui est le propriétaire de ce beau château !

Il n'y eut pas de réponse.

Interloqué, il sortit sur le perron, mais il n'y avait de grenouille en vue ni sur la pelouse, ni dans l'allée, ni dans la rue. Il appela plusieurs fois, mais aucune grenouille ne répondit.

– Elle a dû retourner dans son puits, dit-il pour lui-même. Juste au moment où je m'habituais à elle.

Le départ de la grenouille l'attrista, mais il y avait un château à explorer, avec ses escaliers, ses tours inondées de soleil, ses couloirs et ses greniers profonds. Il ajusta sa couronne et rentra.

Le Compagnon

Il était une fois un jeune homme appelé Jeremy, simple mais sincère, qui rêva que son amant serait le plus beau prince du monde. Il alla voir son vieux père et lui dit :

– J'ai fait un rêve, la nuit dernière.

Son père lisait la rubrique des sports.

– Ce n'était qu'un rêve, répondit-il avec un geste de la main. Oublie-le.

La nuit suivante, Jeremy rêva de nouveau du prince qui serait son amant, mince, gracieux et fort. Au matin, il alla voir son père et lui dit :

– Cette nuit, j'ai encore fait ce rêve.

Le père leva la tête de sa rubrique économique.

– Et alors ? Moi aussi, j'ai rêvé cette nuit. Il y avait un royaume sur lequel tu régnais. Est-ce réel pour autant ? Ce ne sont que des rêves, mon fils. Quand tu te réveilles, ils ne veulent plus rien dire.

La nuit suivante, Jeremy rêva encore de son prince, qui lui dit :

– Je t'attends. Où es-tu ?

Au matin, il alla voir son père et lui dit :

– J'ai fait le même rêve, cette nuit.

Son père reposa ses mots croisés.

– Alors c'est ainsi ? En ce cas, il faut chercher de par le monde jusqu'à ce que tu trouves ton rêve, dit-il. Où que tu ailles, tu as ma bénédiction. Tu vas aussi avoir besoin d'argent et, malheureusement, je n'en ai pas beaucoup à te donner. Mais prends mes maigres économies, j'espère qu'elles te permettront d'arriver à destination. Et tâche de te souvenir, mon fils : tu es un peu simple, alors sois prudent.

Jeremy savait bien que son père avait tort à ce sujet, mais se garda de le dire. Il embrassa le vieil homme et s'en fut courir le monde.

Tous les matins, il notait le point de l'horizon où se levait le soleil. Il marchait ensuite toute la journée jusqu'à cet endroit et y passait la nuit.

Au matin du quatrième jour, il passa devant un cimetière. On s'agitait à l'entrée. Des gens en deuil, pâles et épuisés de chagrin, tentaient d'emporter un cercueil dans le cimetière. Mais un homme en blouse blanche de laboratoire, agrippé à une poignée, tirait en sens inverse. Les proches du défunt gémissaient, pleuraient et grinçaient des dents, mais l'homme en blouse blanche ne cédait pas.

– Que se passe-t-il, ici ? demanda Jeremy.

Sans relâcher sa prise, l'homme en blouse l'informa :

– Mon laboratoire a mis au point une série de tests pour cet homme. Des tests compliqués. Chers. Et si complexes qu'un profane ne peut pas comprendre ce que l'on testait, ni pourquoi ils reviennent aussi cher. Bon ! Cet homme est mort avant que nous ayons les résultats, ce qui arrive parfois. Et maintenant, sa famille et ses amis refusent de payer la facture.

– Nous ne pouvons pas, s'écrièrent les autres en essayant de tirer le cercueil dans le cimetière. Il n'y a plus d'argent.

– Alors, vendez le cercueil ! aboya l'homme en blouse blanche de laboratoire. Faites ce que vous voulez, ce que vous pouvez, mais tant que cette facture restera impayée, il n'ira nulle part.

Sur ce, il arracha le cercueil des mains de ses adversaires, le tira sur la route et s'assit dessus pour qu'on ne puisse plus le bouger.

Le cœur de Jeremy fut touché par la détresse des gens en deuil. Il sortit son portefeuille et y jeta un coup d'œil.

– Combien devait-il ? interrogea-t-il.

– Beaucoup, répondit l'homme en blouse blanche. Combien avez-vous ?

– Pas grand chose, avoua Jeremy.

– Faites voir, reprit l'homme en lui prenant son portefeuille. Et par un étrange effet du hasard, il s'avéra que Jeremy avait juste assez pour l'homme en blouse.

– Mais c'est bien parce que j'ai du cœur, dit celui-ci.

Il s'en alla, bien content d'avoir rencontré Jeremy, et les proches du défunt emportèrent le cercueil au cimetière, bien contents d'avoir rencontré Jeremy. Jeremy poursuivit son chemin, sans rien dans son portefeuille que sa carte de sécurité sociale.

Il marcha. Au bout d'un moment, quelqu'un derrière lui appela son nom. Il regarda par dessus son épaule et vit un homme courir.

– Bonjour, dit l'homme en le rattrapant. Tu as l'air d'un jeune homme à qui un serviteur serait utile.

– Je ne vois pas pourquoi, répondit raisonnablement Jeremy. Je n'ai rien à faire faire à un serviteur et rien pour le payer.

– Un compagnon, alors, insista l'homme. On ne sait jamais quelles tâches étranges il faudra accomplir en chemin. Quant aux gages, je me contenterai de la moitié de ce que tu trouveras en cours de route, bon ou mauvais.

Jeremy trouva ce marché valable et le conclut d'une poignée de main. Ils se remirent en marche.

Plus tard, la route prit un tournant qui les éloigna de l'endroit où se levait le soleil, mais les conduisit vers un village apparemment prospère. Jeremy dit :

– Suivons la route jusqu'au village. Nous y trouverons sûrement une bonne âme qui aura pitié de nous et nous donnera à manger.

Mais le compagnon répondit :

– Non, nous allions dans la bonne direction. Si la route ne la suit pas, il est temps de la quitter.

Il la quittèrent donc et s'engagèrent dans la campagne verdoyante et sauvage.

Ils parvinrent au pied d'une colline qui se dressait sur leur chemin. Elle était trop escarpée pour être escaladée, trop vaste pour être contournée, et couverte de pâquerettes blanches ondoyant dans la brise.

– Comme c'est joli, commenta Jeremy, qui adorait les pâquerettes.

Il fut surpris de voir le compagnon arracher les fleurs par poignées entières sans même acquiescer et les rejeter derrière lui. Il fut encore plus surpris de voir apparaître une porte dans la colline, quand les pâquerettes eurent été arrachées en nombre suffisant. Le compagnon frappa à cette porte, elle s'ouvrit et il entra. Jeremy le suivit.

Ils longèrent un long couloir jusqu'à une salle située au cœur de la colline. Un petit homme contrefait se tenait devant une énorme marmite de soupe, qu'il remuait sans cesse à l'aide d'une gigantesque cuillère en bois. Il n'était pas du tout beau à voir mais, lorsqu'il vit ses visiteurs, il leur sourit aussi aimablement qu'il put.

– Bonjour, jeunes gens, dit-il. Vous arrivez juste à temps pour la soupe. C'est une recette personnelle. Je l'appelle Tout-finit-toujours-bien.

Cela sonnait bien aux oreilles de Jeremy, mais avant qu'il ait eu le temps de dire « Oui, merci », son compagnon dit d'une voix sévère :

– Mange-la toute, ta soupe.

Le petit homme contrefait poussa un cri de détresse et voulut s'écarter, mais une main émergea de la soupe, l'attrapa par la peau du cou et le plongea dans la marmite.

– Ne restez pas plantés là, cria-t-il en se battant avec la main. Aidez-moi à sortir d'ici !

– Tu n'as pas l'air de beaucoup goûter ta propre cuisine, observa le compagnon dont Jeremy se dit qu'il n'était pas pressé de porter assistance.

La main fit replonger le petit homme. Quand il ressortit la tête, il glapit :

– Aidez-moi et je vous donnerai tout ce que je possède, sauf une chose.

– Et de quoi s'agit-il ? interrogea le compagnon.

– Ma cuillère à thé d'une profondeur incroyable, répondit le petit homme.

– Eh bien, répliqua le compagnon, se sera ta cuillère à thé d'une profondeur incroyable ou bien nous te laisserons là.

Le petit homme se démena et jura, mais il n'y avait rien d'autre à faire que de leur dire où était la cuillère. Le compagnon l'empocha, laissa le petit homme se sortir comme il pouvait de la marmite et entraîna Jeremy à la lumière du soleil. Jeremy se dit que c'était un peu injuste pour le petit homme.

Il reprirent leur marche et parvinrent au pied d'une seconde colline qui leur barrait la route, trop élevée pour être escaladée et trop vaste pour être contournée. Elle était couverte de jonquilles.

– Magnifique, soupira Jeremy, car s'il y avait une chose qu'il préférait aux pâquerettes, c'était les jonquilles.

– Elles sont très bien où elles sont, affirma le compagnon.

Mais ce n'était sûrement pas le cas puisqu'il se mit à les déraciner aussi vite que possible. Il dégagea bientôt une porte qu'il ouvrit en frappant. Il entra et Jeremy le suivit.

Ils longèrent un long couloir et parvinrent bientôt dans une salle au creux de la colline. Un petit homme contrefait se tenait devant une énorme marmite de soupe qu'il remuait à l'aide d'une gigantesque cuillère en bois. Ce petit homme n'aurait jamais remporté un concours de beauté, mais quand il s'aperçut qu'il avait de la compagnie, il fit un sourire qu'il voulait sans doute accueillant.

– Vous avez l'air d'avoir faim, jeunes gens, dit-il chaleureusement. Un peu de cette bonne soupe ? C'est une recette personnelle, je l'appelle Chacun-veut-aider-l'autre-pourvu-qu'on-lui-en-donne-l'occasion.

C'était un nom fort improbable pour une soupe, toutefois Jeremy eut envie de la goûter. Mais avant qu'il ait eu le temps de dire « Oui, merci », son compagnon dit d'une voix dure :

– Mange-la toute, ta soupe.

Le petit homme contrefait grinça des dents de rage et voulut se cacher derrière un tabouret, mais une main sortit de la soupe, renversa le tabouret et tira le petit homme par l'oreille jusque dans la marmite.

– Quels hôtes ! s'écria le petit homme. Sortez-moi de là et je vous donnerai tout ce que je possède, sauf une chose.

– Et de quoi s'agit-il ? interrogea le compagnon.

– Ma fourchette à salade de l'invisibilité, grommela le petit homme en giflant la main.

La main le gifla en retour.

– Eh bien, ce sera ta fourchette à salade de l'invisibilité, répliqua le compagnon. Ou bien nous nous reverrons une autre fois.

Le petit homme contrefait les traita de noms d'oiseaux et autres animaux, mais il lui fallut bien avouer où était la fourchette. Le compagnon la mit dans sa poche avec la cuillère à thé, prit Jeremy par le bras et le guida vers la lumière du soleil.

Ils reprirent leur marche. Jeremy se demandait pourquoi ils n'avaient pas sorti le petit homme contrefait de la soupe une fois qu'ils s'étaient approprié l'étrange ustensile. Cela lui paraissait injuste, mais il garda ses doutes pour lui, ayant remarqué que son compagnon était une personne qu'il ne fallait pas sous-estimer et qui avait une façon bien à elle de faire les choses. Ils arrivèrent au pied d'une troisième colline, si haute que les nuages devaient sauter par-dessus son sommet et si vaste qu'elle touchait l'horizon des deux côtés. Elle était couverte de rosiers sur lesquels fleurissait une multitude de roses plus roses que toutes les roses que Jeremy avait vues par le passé.

– Qu'en penses-tu, Jeremy ? demanda son compagnon. Belles roses, non ?

– Pas mal, répondit Jeremy sans grand enthousiasme, cette fois.

Il saisit un rosier et tenta de l'arracher. Mais ses racines étaient trop profondes, et il ne réussit qu'à se couvrir les mains d'épines. Son compagnon le poussa de côté, arracha quelques rosiers et fit apparaître une porte qu'il ouvrit en frappant. Ils entrèrent et longèrent un long couloir bas de plafond jusqu'à une salle située au cœur de la colline.

Là aussi, un petit homme contrefait se tenait devant une énorme marmite de soupe. C'était de loin le plus contrefait de tous les petits hommes contrefaits qu'ils avaient rencontrés jusqu'alors et on aurait dit un puzzle que l'on n'aurait pas eu la patience d'assembler correctement. Mais, mal assemblé ou non, il était tout à fait capable de remuer sa soupe à l'aide d'une gigantesque cuillère en bois. Quand il vit ses hôtes, il leur fit à chacun un sourire comme à un premier amour et s'exclama :

– Juste à temps, vous avez de la chance, jeunes gens ! La soupe est prête et c'est une recette toute personnelle. Je l'appelle Tout-est-bien-qui-finit-bien-alors-détendez-vous-et-amusez-vous.

Même Jeremy savait qu'il ne fallait pas manger cette soupe, en dépit de la faim qui le tenaillait. Avant que son compagnon ait eu le temps de parler, il s'écria :

– Mange-la toute, ta soupe !

Le petit homme contrefait lui lança un regard meurtrier et voulut se mettre à courir, mais il ne fit pas deux pas avant qu'une main jaillisse de la soupe, l'attrape par le fond du pantalon et le hisse dans la marmite.

– Ah, ça manque de sel, gronda le petit homme en tapant sur la main avec sa cuillère.

La main lui arracha sa cuillère et lui en administra un bon coup.

– Sortez-moi de là et je vous donnerai tout ce que je possède.

– Sauf ? demanda Jeremy.

– Sauf mon couteau à viande au tranchant à toute épreuve, répondit le petit homme sur un ton raisonnable. Vous ne pensez pas que je vais vous le donner.

– Ah bon ? demanda Jeremy à son compagnon.

– Bien au contraire, répondit le compagnon. Ce sera ton couteau à viande au tranchant à toute épreuve, ou bien nous te faisons nos adieux.

Le petit homme suggéra quelques menues choses qu'ils pouvaient se faire avec des ustensiles courants, mais fut bien obligé de leur dire lequel des couteaux à viande accrochés au râtelier était celui au tranchant à toute épreuve. Le compagnon s'en saisit, puis ils sortirent par la porte de derrière et rejoignirent la lumière du jour.

Ils reprirent leur marche et Jeremy se dit que si le chemin conduisant au prince de ses rêves se révélait plus étrange qu'il ne l'avait cru, il s'était assurément trouvé un compagnon de route au moins aussi étrange. Soudain, le compagnon dit :

– Cours, Jeremy.

Et il se mit à courir lui-même.

– D'accord, répondit Jeremy. Mais Pourquoi ?

Son compagnon pointa un doigt derrière lui sans cesser de courir. Jeremy se retourna et que vit-il ? Les trois petits hommes contrefaits. Seulement maintenant, ils n'étaient plus du tout petits, ils étaient gigantesques et de très mauvaise humeur. Ils étaient toujours aussi contrefaits, mais ils couraient remarquablement bien et parcouraient tous trois un kilomètre en une enjambée. Jeremy et son compagnon coururent tant qu'ils purent, mais leurs poursuivants eurent tôt fait de les rejoindre. Au moment où fut évident que leur voyage allait mal se terminer, le compagnon fouilla dans sa poche, en sortit la cuillère à thé d'une profondeur incroyable et la jeta par-dessus son épaule.

Le premier gigantesque homme contrefait ne la vit pas et tomba dedans. Le second gigantesque homme contrefait la vit et s'arrêta juste à temps. Quand au dernier gigantesque homme contrefait, il était tellement contrefait qu'il courait en regardant derrière lui. Il télescopa le second et tous deux s'affalèrent dans le creux de la cuillère à thé. Jeremy attendit un instant, mais comme il ne se produisait plus rien, il rebroussa chemin pour aller regarder dans la cuillère. Non seulement elle était vide, mais, en plus, si profonde qu'on n'en voyait pas le fond. Il ramassa la cuillère et la rapporta à son compagnon, qui la rangea. Ils reprirent leur marche.

Beaucoup plus tard, la campagne verdoyante et sauvage céda la place à un paysage désolé et désertique, et au gel mordant de l'hiver. Au milieu s'élevait un gigantesque château. Les étendards qui flottaient au sommet étaient noirs, et un rempart hérissé de mille pieux d'acier le ceignait. Sur chaque pieu, sauf un, était plantée la tête d'un homme.

– Voici le château du roi Derrière le Soleil, annonça le compagnon à Jeremy.

Celui-ci allait suggérer de laisser ce château derrière eux, quand il leva la tête. À la plus haute fenêtre de la plus haute tour, contemplant impassiblement le paysage hivernal, se tenait le prince de ses rêves.

– Nous sommes arrivés, cria-t-il à son compagnon. Allons-y.

Ils y allèrent donc et se retrouvèrent bien vite à la cour du roi.

Les courtisans étaient vêtus d'or et d'argent, et le roi d'or et de diamants. Malgré la splendeur qui l'entourait, le visage du roi était parcouru de sillons, et ces sillons pointaient tous vers le bas.

– Alors, dit-il sur un ton qui révéla à Jeremy combien ce mot pouvait sembler décourageant. Je suppose que tu es venu pour tenter ta chance de gagner le cœur du prince. Tu as sans aucun doute remarqué les neuf cent quatre-vingt-dix-neuf têtes en arrivant. Ce sont les soupirants qui ont échoué à relever les trois défis que mon fils leur avait lancés. Si tu réussis, tu gagnes le cœur du prince et la moitié de mon royaume. Sinon, eh bien, il reste un pieu libre.

Il poussa un gros soupir et secoua la tête.

– Avant, il aimait les choses simples. Mais maintenant, il ne s'intéresse plus qu'à faire décapiter les gens. Écoute, dit-il sur un ton destiné à faire appel au bon sens de Jeremy. Tu a l'air d'un très gentil garçon. Reste souper, je te ferai donner une chambre agréable pour la nuit. Comme cela, tu pourras reprendre ta route demain. Va tuer des dragons, va briser des sorts, va où tu veux. Qu'en dis-tu ?

Bien content d'avoir enfin l'occasion de s'exprimer, Jeremy secoua la tête avec véhémence et dit :

– Oh, non. Je veux rester pour tenter ma chance de gagner le cœur du prince... J'ai rêvé de lui trois nuits d'affilée.

– J'espère qu'il te reste encore trois nuits pour rêver, mon jeune ami. Je t'aurai prévenu.

Au même instant, la porte de la salle du trône s'ouvrit.

– Mon fils, le prince William, annonça le roi d'une voix pleine d'ironie.

Et le prince entra.

Il était encore plus beau, mince, gracieux et fort que dans les rêves de Jeremy. Mais il était si froid qu'aucun pull n'aurait pu le réchauffer, aucune joie le toucher, aucun mot l'émouvoir. Comme Jeremy s'était attendu à tout autre chose, il s'approcha de lui avec hésitation.

– Je m'appelle Jeremy, dit-il. Comment vas-tu ?

– Moi, c'est William, répondit William dans un souffle glacial. Je vais mourir et toi aussi si tu essaies de gagner mon cœur.

Ces mots coupèrent net tout bavardage supplémentaire. Heureusement, on annonça le dîner et toute la cour se transporta dans la salle des banquets.

Jeremy se retrouva à table à côté du prince. William refusa que l'on servît quoi que ce fût dans son assiette et se contenta de quelques gorgées d'eau stagnante. Tandis que tous les autres mangeaient, il lut le Livre des Morts tibétain, s'interrompant parfois pour jeter un regard dédaigneux aux membres de la cour, qui dévoraient de bon appétit.

Quand on eut débarrassé la table, il se tourna vers Jeremy.

– Le premier défi, dit-il d'une voix vide, consiste à me garder un objet toute la nuit et à me le rendre quand je te le demanderai demain.

Il lui tendit un cockring d'or. Jeremy, qui croyait qu'on allait lui demander d'aller décrocher la lune sur un biscuit apéritif ou quelque chose du même acabit, fut transporté de joie. Il mit l'objet dans sa poche. Le comportement de William changea alors du tout au tout. Il devint convivial et charmeur, tira Jeremy de sa timidité et le fit rire sans cesser de lui remplir son verre, si bien que sa tête se mit à tourner de tant de vin et d'attention.

Entre temps, le compagnon avait poliment quitté la table assez tôt et s'était rendu au chenil. Il y avait là toutes sortes de chiens : des lévriers, des mastiffs et de splendides caniches de chasse, tous très beaux et très endormis. Puis il vit un lévrier afghan, très éveillé, avec un long pelage qui semblait dire ne-me-touchez-pas-je-suis-blond et une expression amère sur le museau.

– À quelle heure le prince te sortira-t-il, ce soir ? interrogea le compagnon.

– Quel genre de fou es-tu pour croire qu'un chien répondrait à une question ? répondit le lévrier afghan sur un ton méprisant.

Mais trop tard, il s'était trahi.

– À onze heures et demie, grommela-t-il.

Satisfait, le compagnon regagna sa chambre.

La soirée tirant à sa fin, Jeremy souhaita bonne nuit à William et monta dans sa chambre. Il se déshabilla et mit le cockring pour plus de sécurité, puis se coucha et s'endormit comme une masse.

William monta dans sa tour et ne se déshabilla pas. Il appela doucement et un chat couleur d'une chose difficile à voir se détacha de l'ombre. Il envoya l'animal se faufiler dans la chambre de Jeremy. Le chat s'assit sur la poitrine de Jeremy et l'observa. Dès que Jeremy prenait son inspiration, il lui en volait la moitié, si bien que le dormeur se mit à faire de terribles rêves. Au bout d'un moment, le cockring glissa, le chat le prit dans sa gueule et le rapporta à William.

À onze heure et demie précises, William descendit au chenil pour aller promener le lévrier afghan. Mais le compagnon, la fourchette à salade de l'invisibilité fichée dans les cheveux comme un peigne, guettait à la porte du chenil.

William mit le chien en laisse et lui dit :

– Allez, mon beau. Tu connais le chemin.

Le chien démarra comme une flèche, William sur les talons. Arrivé à la porte du chenil, le chien bondit soudain en l'air. Au moment où William s'élevait dans les airs, le compagnon saisit le lacet d'une de ses Reebok et tous s'envolèrent dans le ciel nocturne.

Le chien survola des champs gelés, une forêt, des montagnes, un océan et, beaucoup plus loin, un grand rocher sur lequel il se posa. Il leva une patte contre la roche et urina, ce qui eut pour effet d'ouvrir une porte. William entra et le compagnon le suivit tranquillement. Derrière la roche se trouvait un studio meublé, dans ce studio vivait un vampire, et ce vampire attendait William.

William, qui était très studieux, avait appris des tours assez étonnants, tels que faire parler et voler un chien. Mais le jour où il apprit qu'il était condamné à mourir, une chose longue et froide envahit son estomac, y élit domicile, et toutes ses lectures et ses études lui semblèrent désormais vaines. Il résolut de partir à la recherche de la Mort, dans l'espoir de conclure un marché avec ce puissant personnage. Il ne la trouva pas. En revanche, il rencontra le vampire, qui se vanta d'être son frère, bien qu'il ne fût en réalité qu'un cousin fort éloigné dont l'unique contact avec la Mort était la carte de Noël qu'il lui envoyait chaque année, sans pour autant recevoir de réponse. Mais dès que le vampire vit William, il le désira et lui mentit entre ses dents crochues :

– Oh oui, on est comme ça elle et moi, avait-il dit en montrant deux doigts croisés pour illustrer son propos. Elle ne fait jamais rien sans me demander mon avis. Tu sais, si je lui en touche un mot, elle te laissera vivre éternellement. Nous pourrions peut-être nous entendre, toi et moi.

William devint donc son amant et lui rendit visite chaque nuit quand tout le monde dormait. Le vampire exigea que William n'eût point d'autre amant et le pressa sans cesse d'emménager avec lui. William résista d'abord, mais, sous l'influence du vampire, sa vie perdit tout attrait et, petit à petit, l'idée de venir s'installer là pour toujours commença à lui sembler sinon séduisante, du moins pas aussi répugnante qu'au départ. La seule crainte du vampire était que William se découvrît plus instruit et plus fort que lui-même ne le serait jamais.

– Tiens, dit William en tendant le cockring à son amant. J'ai un nouveau soupirant et pour la peine, sa tête ira demain orner le millième pieu.

– Bien, approuva le vampire avant de jeter l'objet dans le tiroir d'une commode remplie d'anneaux analogues. Mais le compagnon l'attrapa et le mit dans sa poche.

– Qui est ton seul amour ? murmura avidement le vampire.

– C'est toi, soupira William en se glissant dans ses bras.

Ils s'étendirent sur une couche taillée dans le marbre et William demeura sous l'étreinte du vampire, sans un mot, et le regard fixé dans le vide, toute la nuit.

Peu avant l'aube, il se leva, embrassa le vampire et sortit du studio. Il mit le lévrier afghan en laisse et lui ordonna :

– Allons-y, mon beau ! Tu connais le chemin.

Le chien bondit en l'air, le compagnon attrapa le lacet de la Reebock de William et ils s'envolèrent par-dessus l'océan, les montagnes, la forêt et les champs gelés, puis se posèrent devant la porte du chenil. William monta dans sa tour pour se changer.

Le compagnon se rendit dans la chambre de Jeremy et le secoua pour le réveiller.

– Est-ce que tu as toujours ce que le prince t'a donné hier soir ? s'enquit-il.

– Il est ici, marmonna Jeremy.

Mais quand il tâtonna, il sentit que l'anneau n'y était plus. Il rejeta les couvertures, chercha dans le lit, puis se tourna vers son compagnon et lui dit :

– Je vais sûrement avoir des ennuis. Que faire ?

Le compagnon lui tendit l'anneau.

– Donne-le au prince quand il te le demandera, répondit-il.

Pendant le petit déjeuner, William parcourut une anthologie d'épitaphes. Lorsque tous eurent fini de manger, il marqua sa page et dit à Jeremy :

– Je suppose que tu as toujours ce que je t'ai donné. Rends-le moi, maintenant.

– Certainement, répondit Jeremy.

Il lança le cockring d'or dans l'assiette vide de William.

Les yeux du prince s'arrondirent comme des billes de verre, mais le roi, qui s'était préparé à faire mander le bourreau, fut transporté de joie.

– Il a relevé le premier défi ! s'écria-t-il. Je déclare ce jour férié !

Et l'on célébra dignement l'événement, avec force festins, divertissements et imitations de Judy Garland. Quant à William, il s'excusa, sortit de table et ne reparut pas jusqu'au dîner.

Après le dessert, il déboutonna sa chemise et ôta un minuscule anneau d'or de son sein gauche.

– Prends ceci et garde-le moi jusqu'à nouvel ordre, dit-il à Jeremy.

Ce dernier prit l'anneau et, bien décidé à ne pas boire exagérément pour rester alerte, se laissa pourtant charmer par William, qui le cajola et lui servit verre sur verre. Subjugué, Jeremy but. Puis il alla se coucher, accrocha l'anneau à son propre sein pour plus de sûreté et s'effondra de sommeil.

Le compagnon s'était éclipsé de table et rendu au chenil.

– À quelle heure le prince te fera-t-il sortir, ce soir ? demanda-t-il au lévrier afghan.

Mais l'animal se contenta de le toiser sans répondre. Le compagnon sortit des morceaux de viande provenant de son assiette.

– Tu as faim, mon beau ? s'enquit-il.

Et bien sûr, il avait raison.

– Fais une cabriole, mon beau, dit-il.

Le chien s'exécuta. Le compagnon lui lança un morceau de viande.

– Assied-toi et fais le beau, dit-il.

Le chien obéit. Le compagnon lui lança un autre bout de viande et agita le plus gros morceau au-dessus de sa tête.

– Maintenant, parle, mon beau, ordonna-t-il. Parle !

– Minuit moins le quart, dit le chien dans un aboiement extasié.

Puis il se rendit compte, trop tard, qu'il s'était fait avoir.

Entre temps, William avait envoyé son chat couleur d'ombre dans les ténèbres pour reprendre l'anneau d'or à Jeremy. Le chat se faufila dans sa chambre et lui découvrit la poitrine. Il glissa le bout de sa queue dans l'anneau, puis un peu plus, encore un peu plus et finit par l'ouvrir. Il le rapporta dans sa gueule à William, qui le mit dans sa poche et descendit au chenil.

Le compagnon s'y trouvait déjà, la fourchette à salade de l'invisibilité dans les cheveux. William mit son lévrier afghan en laisse et lui dit :

– Allons-y, mon beau. Tu connais le chemin.

Ils s'élevèrent alors dans les airs, le compagnon accroché par le petit doigt à un passant de la ceinture du pantalon de William. Ils survolèrent les champs, la forêt, les montagnes et l'océan jusqu'au grand rocher sur lequel habitait le vampire. Le chien leva la patte, la porte s'ouvrit, William entra et le compagnon le suivit de près.

– Je croyais que tes pouvoirs étaient grands, cracha William à la face du vampire qui attendait.

– Mais il le sont, fanfaronna le vampire, qui détestait voir William aussi débordant d'énergie. Ils sont très grands. Et plus que cela encore.

– N'empêche que ce matin, mon soupirant m'a rendu le cockring d'or, éructa William. Je suis à lui pour un tiers. Alors prends ça et mets-le là où il ne le trouvera jamais.

Le vampire prit le minuscule anneau d'or.

– Bon, calme-toi, ne te mets pas dans tous tes états. Tu sais que c'est mauvais pour toi, dit-il sur un ton apaisant. Je sais exactement où le mettre.

Il fixa le sol et entonna d'une voix terne et monotone :

Le vie est courte et la mort longue.
La vie est faible et la mort gronde.
Tu ris, tu danses et fais la ronde,
mais reposeras en terre profonde.

Les dalles tremblèrent, puis s'ouvrirent et révélèrent une tombe ouverte. Le vampire y laissa tomber l'anneau d'or. Mais dès qu'il quitta sa main, le compagnon le rattrapa dans la sienne et l'empocha.

William poussa un soupir de soulagement et se livra à l'étreinte du vampire. Celui-ci l'emporta sur la couche de marbre et, toute la nuit, lui murmura des histoires de cimetière, de funérailles et de ce qui arrive lorsqu'on éteint la lumière.

À l'approche de l'aube, William se leva de la couche du vampire et l'embrassa. Dehors, il mit le chien en laisse et lui ordonna :

– Allez, mon beau ! Tu connais le chemin.

Le compagnon passa le doigt dans un passant de la ceinture du pantalon de William et ils rentrèrent, par-dessus l'océan, les montagnes, la forêt et les champs gelés, jusqu'à la porte du chenil. Le compagnon alla secouer Jeremy pour le réveiller.

– As-tu encore ce que le prince t'as demandé de lui garder ? s'enquit-il.

– Il est là, répondit Jeremy.

Il posa la main sur son cœur et la retira vide.

– Je n'arrive pas à y croire, dit-il.

– Vraiment ? rétorqua son compagnon. Moi si. Tu devrais peut-être garder à l'esprit que tu es un peu simple.

– Ce n'est pas vrai, protesta Jeremy.

Puis il baissa la tête devant l'expression sévère du compagnon.

– Peut-être un peu, alors, admit-il. Que faire ?

Le compagnon lui tendit l'anneau d'or et dit :

– Donne ceci au prince quand il te le demandera.

À la table du petit déjeuner, chacun était tendu et attendait de voir si Jeremy avait triomphé du second défi. William entra, le prospectus d'une importante société de pompes funèbres à la main, et s'assit près de lui.

– Rends-moi ce que je t'ai donné hier soir, dit-il. À moins que tu ne l'aies égaré, bien entendu.

Il s'autorisa un pâle sourire.

– Pas du tout, répondit Jeremy.

Et il laissa tomber l'anneau d'or dans l'assiette de William.

– Oui ! s'écria le roi. Et de deux. Que personne ne travaille aujourd'hui.

Les jongleurs firent irruption, projetant des assiettes en l'air, les chefs pâtissiers apportèrent des gâteaux qui comportaient tant d'étages qu'on n'en voyait pas le sommet et les clowns transformèrent des ballons en animaux. Quant à William, il fila dans sa tour et y passa la journée à sangloter, mystifié.

Le soir, il ôta sa boucle d'oreille d'or et la tendit à Jeremy.

– Garde-moi ceci, dit-il.

Puis il le regarda dans les yeux, si profondément qu'il atteint son cœur et lui fit des promesses de bonheur impossible. Se souvenant qu'il était un peu simple, Jeremy préféra ne pas croire ce qu'il voyait dans les yeux de William. C'était très difficile, mais il aurait pu réussir si le prince n'avait pas mis une petite pilule dans son verre. Quand il monta dans sa chambre, il eut à peine le temps de mettre la boucle à son oreille pour plus de sûreté avant que le sommeil ne l'écrase comme un rouleau compresseur.

Le compagnon se rendit discrètement au chenil. En le voyant, le lévrier afghan se mit à grogner et à claquer des mâchoires.

– J'ai pensé à toi pendant le dîner, dit le compagnon. Tu sais, avec tous les chiots abandonnés et mal-aimés qu'il y a dans ce royaume, il vaudrait mieux te faire castrer.

– Gentil garçon, gémit le chien. Ce soir, je dois sortir à minuit, gentil garçon.

Entre temps, William envoya son chat couleur d'eau dans une pièce sombre chez Jeremy. L'animal se coula près de sa tête, mit sa gueule contre son oreille et ronronna jusqu'à temps que l'anneau tombe sur l'oreiller. Il le prit alors dans sa gueule et le rapporta à William. Celui-ci descendit au chenil, mit le chien en laisse et dit :

– Allons-y, mon beau. Tu connais le chemin.

La fourchette à salade de l'invisibilité dans les cheveux, le compagnon s'accrocha à un cheveu de William et ils s'envolèrent dans le ciel nocturne. Le compagnon murmura à l'oreille de William :

– Tu te gâches la vie, imbécile !

– Je me demande pourquoi je ne suis pas sûr d'être sur la bonne voie, se dit tout haut William, tandis qu'ils survolaient les champs, la forêt, les montagnes et l'océan jusqu'au rocher du vampire.

Il entra, le compagnon sur les talons, et hurla au vampire :

– Tu m'avais dit que tu étais fort ! Que tu avais de grands pouvoirs ! Comment peux-tu me protéger si tu ne peux même pas garder un anneau d'or ? Il me l'a rendu ce matin. Ne le laisse pas gagner mon cœur, cela fait trop mal.

Il se mit à pleurer.

En voyant la faiblesse de William, le vampire bomba son torse malingre autant qu'il put.

– Rien ne peut t'enlever à moi, rugit-il. Rien ne peut t'atteindre quand tu es dans mes bras, ni l'air de la nuit, ni la rosée du matin, ni la lumière du jour…

– …ni la Mort, lui rappela William à travers ses larmes.

– Heu, non, même pas elle, approuva le vampire en vidant ses poumons. Quel est le troisième objet que ce type est censé te garder ? ajouta-t-il pour changer de sujet.

– Le voici, répondit William en lui tendant l'anneau d'or.

Le vampire l'accrocha à son oreille.

– Aucun problème, il faudra qu'il me coupe la tête pour l'obtenir et je serais curieux de voir ça.

En réalité, la dernière chose que le vampire souhaitait voir était bien qu'on lui coupe la tête, c'était même une de ses hantises.

Pour calmer sa peur, il portait un collier à clous spécial dont le vendeur lui avait garanti l'absolue solidité, sauf contre le couteau à viande au tranchant à toute épreuve. Et, puisque celui-ci se trouvait en la possession d'une connaissance que le vampire évitait afin d'entretenir de bonnes relations, il se sentait en sécurité. Pas totalement, mais autant que possible dans un monde affreux et imprévisible comme celui-ci.

– Viens ici, ordonna-t-il.

William ferma les yeux, obéit avec gratitude et le vampire le porta sur la couche de marbre, où ils s'étendirent. Il colla sa bouche à l'oreille de William et, toute la nuit durant, lui murmura des histoires de rien, qui n'avaient pas de début, encore moins de milieu et pas de fin du tout.

L'aube vint, William embrassa le vampire et sortit. Comme il se sentait un peu raide, le vampire mit la main dans le creux de son dos et s'étira. Le compagnon se posta derrière lui, sortit le couteau à viande au tranchant à toute épreuve et lui coupa la tête d'un seul coup. Puis il mit la tête dans sa veste, sortit en courant du studio et s'accrocha à un cheveu de William alors même que le chien s'élançait dans les airs.

Pendant leur vol, le compagnon murmura à l'oreille de William :

– Imbécile ! Mauviette ! Tout ce qui vit doit mourir.

Puis il lui donna une pluie de coups.

« Quand la tête de ce millième soupirant sera sur un pieu, se promit William, je retournerai définitivement chez le vampire et je vivrai éternellement ».

Ils survolèrent l'océan, les montagnes, la forêt et les champs gelés, puis se posèrent à la porte du chenil.

Le compagnon se précipita dans la chambre de Jeremy, le secoua pour le réveiller, sans succès, et finit par lui jeter une bassine d'eau froide à la figure.

– As-tu encore ce que le prince t'a demandé de lui garder ? s'enquit-il.

– Oui, là, marmonna péniblement Jeremy.

Il porta la main à son oreille, mais ne trouva rien. Il s'assit et grogna.

– Non ! Encore une fois ! Je ne suis pas seulement simplet, je pourrais postuler pour une place d'idiot du village.

– En fait, tu es amoureux, Jeremy, dit sèchement son compagnon. Et on t'a drogué. Il n'est pas facile de rester alerte dans ces conditions.

Il sortit de sa veste la tête du vampire sur laquelle brillait la boucle d'oreille d'or.

Jeremy s'éveilla complètement.

– Qu'est-ce que c'est que ça ? cria-t-il.

– Celui à qui tu disputais l'amour du prince, répondit le compagnon. Ne fais pas le bébé. Mets cette chose dans une taie d'oreiller et donne-la au prince quand il te réclamera sa boucle d'oreille.

Jeremy s'habilla, mit la tête dans une taie et descendit pour le petit déjeuner.

Tout le monde attendait en silence quand il prit place à table. William fit alors son entrée et s'assit, une expression de triomphe mêlé de tristesse sur le visage.

– Bien sûr, tu as toujours ce que je t'ai donné hier soir, dit-il. Rends-le moi, maintenant. À moins que tu ne l'aies égaré ?

– Non, je l'ai ici, répondit Jeremy.

Il sortit alors la tête du vampire de la taie d'oreiller et la laissa tomber dans l'assiette de William. Le roi, les courtisans et les serviteurs faillirent s'en étrangler.

– Je suis perdu, murmura William.

Ses yeux se révulsèrent, il glissa de sa chaise et tomba au sol.

Le roi fut le premier à recouvrer ses esprit.

– Jeremy a gagné le cœur du prince et la moitié du royaume, annonça-t-il d'une voix tremblante. Mais, heu, peut-être pourrions-nous nous débarrasser de cette chose avant de procéder aux réjouissances ?

Le compagnon ôta l'anneau de la tête du vampire et le donna à Jeremy. Puis il sortit la cuillère à thé d'une incroyable profondeur, y mit la tête et jeta la cuillère. Chacun poussa un soupir de soulagement. L'air se remplit alors de confettis, de sonneries de trompette et tous se mirent à danser, les courtisans avec les valets, les soldats avec les nobles et le roi monta sur la table pour y danser la gigue parmi la vaisselle. On ranima William à l'aide de sels et d'eau froide, mais il demeura à regarder dans le vide en secouant la tête.

– Il est temps pour moi de partir, dit le compagnon à Jeremy au milieu de tout ce vacarme. Il faut que nous parlions de mes gages. Amène William dans la pièce voisine.

Jeremy prit gentiment le prince par le bras et suivit son compagnon. Le compagnon referma la porte.

– Si tu te rappelles bien, Jeremy, nous avions convenu que j'aurais la moitié de tout ce que tu recevrais. Mais il m'est impossible d'emporter la moitié de la moitié du royaume avec moi. Je peux toutefois prendre la moitié de William.

Sur ce, il sortit le couteau à viande au tranchant à toute épreuve.

– Non, attends une minute, s'écria Jeremy, affolé.

– Nous avons bien conclu ce marché par une poignée de main, non ? interrogea son compagnon.

– C'est vrai, admit misérablement Jeremy.

– Bien, fit son compagnon.

Il empoigna William par le col de la chemise et lui dit d'une voix d'airain :

– Ne bouge plus. Je veux être bien sûr de te couper en deux parties égales.

Il leva le couteau au-dessus de sa tête.

– Non ! cria William avec tant de force qu'il vomit un serpent noir proprement gigantesque.

En un éclair, le compagnon le coupa de la tête à la queue en deux parties égales qu'il mangea.

– Voilà, dit-il en s'essuyant la bouche d'un revers de main. C'était ma part. Il fallait que nous extirpions ceci de ton corps sinon, tu serais reparti chercher un autre vampire. Et Jeremy n'aurait pas apprécié.

Dès que William eut vomi le serpent, ses joues se colorèrent de rose.

– Je n'arrive pas à croire que c'est fini, dit-il en riant aux larmes. Quand j'ai su que j'allais mourir, le monde entier est devenu froid. Je croyais que le vampire saurait me protéger, mais il n'a fait que me rendre indifférent à tout. Dieu merci, tout va bien, maintenant… je ne mourrai jamais.

Un sourire radieux éclaira son visage et il attendit confirmation.

Avant que Jeremy ne puisse parler, le compagnon fronça les sourcils et dit :

– Jamais ? Je croyais que c'était Jeremy, le simplet. Mais bien sûr que tu vas mourir, William.

Le visage du prince pâlit à nouveau. Le compagnon se pencha vers lui et se mit à taper de l'index sur sa poitrine pour souligner ses dires.

– Toi, ton père, Jeremy – tous ceux que tu connais vont mourir et tous ceux que tu ne connais pas aussi. Tu peux en être certain : vous allez tous mourir.

Jeremy avait accepté de partager tout ce qu'il recevrait avec son compagnon, mais il n'avait pas parlé de le laisser malmener l'homme de ses rêves. Il fit un pas en avant et passa son bras autour des épaules de William.

– Comment ça, « vous » ? interrogea-t-il. Et toi, alors ? Qu'est-ce qui te rend si spécial ?

Son compagnon se mit à rire pour la première fois depuis leur rencontre, d'un rire qui venait de ses entrailles et perdura tant qu'il finit par ennuyer Jeremy.

– Mais Jeremy, parvint-il enfin à dire. Je suis déjà mort. Je suis l'homme dont tu as permis l'enterrement en payant sa facture de laboratoire. Je t'ai rendu la pareille et maintenant, je vais partir.

– Mais, où vas-tu ? intervint William. Qu'est-ce qu'il y a...

– Non, coupa le compagnon.

– Mais...

– Non, répéta le compagnon.

Ce mot tomba de sa bouche comme une montagne incontournable.

– Maintenant. Maintenant, il te faut choisir entre vivre seul et avoir un amant, entre rester ici à lire un livre et sortir à l'air libre te promener, il te faut trouver ce que tu préfères. Tu dois faire des choix et ce qui arrivera plus tard viendra plus tard.

Mais William avait l'air si perplexe que le compagnon se laissa fléchir, rien qu'un peu.

– Bon, concéda-t-il. Je vais vous montrer ce que je peux.

Il alla au mur le plus proche et toucha la paroi du bout du doigt. Le mur glissa soudain comme un rideau et révéla un vaste paysage de champs verdoyants avec au loin la mer, comme un ruban bleu et paisible couronné de ciel azuré – alors qu'en fait, c'était l'intérieur de l'armoire à linge de la pièce voisine qui aurait dû apparaître. Une allée de marbre blanc s'étirait jusqu'à la mer, bordée de piliers immaculés supportant de délicates arches du même ton. Derrière l'arche située à l'extrémité de l'allée, on distinguait un bout d'horizon bleu et un ciel pur ; c'était très beau. Mais au tout début de l'allée, presque à leurs pieds, Jeremy et William virent une grande faille et juste en dessous un tunnel de pierre que seules les ténèbres emplissaient et qui courait sous l'allée.

– Alors, jeunes gens, que pensez-vous de cette allée ? questionna le compagnon.

– C'est magnifique, souffla Jeremy en regardant la blanche allée.

– C'est horrible, gémit William en regardant le noir tunnel.

– Exact, confirma le compagnon. Et maintenant, observez attentivement, car je ne vais faire cela qu'une fois.

Puis, sans ajouter un mot, il sortit de la pièce et posa le pied sur l'allée blanche. Et simultanément, il posa le pied dans le tunnel. Il n'était pourtant pas devenu double, l'allée ne s'était pas effondrée dans le tunnel et le tunnel n'était pas remonté sur l'allée. Jeremy et William avancèrent à leur tour pour mieux voir ce qui se passait. Mais au même moment, le mur se remit en place et le compagnon disparut de leur vue.

Quand il fut évident qu'il ne réapparaîtrait pas, William se tourna vers Jeremy.

– Alors, fit-il d'une voix hésitante. Que faisons-nous ?

– Allons boire et manger quelque chose, répondit fermement Jeremy. Tu dois mourir de faim.

William mourait effectivement de faim, mais ils s'enlacèrent d'abord. Puis ils rirent, pleurèrent, chantèrent et firent tout ce qui ravit les amants.

Ainsi, Jeremy gagna le cœur de William et la moitié du royaume. Le vieux roi était si content de la tournure des événements qu'il donna l'autre moitié du royaume à son fils. Sous leur règne, le pays prospéra et, si William et Jeremy ne vécurent pas éternellement, ils vécurent intensément, se délectant de chaque instant comme s'il s'agissait d'un paquet cadeau. Ce qui, d'ailleurs, est le cas.

L'Homme qui était revenu d'entre les Morts

Il était une fois deux amis. Peut-être étaient-ils amants, peut-être étaient-ils frères. L'important est qu'ils s'aimaient et avaient toute la vie devant eux – sept, huit, neuf cents ans. Ils n'étaient pas pressés et avaient bien le temps de se lasser l'un de l'autre, de se bagarrer pour rien et d'oublier, puisqu'ils avaient le temps de se le rappeler ensuite.

L'un d'eux tomba malade. Il n'aurait pas dû, mais il tomba malade. Il mourut. Un jour il était là, comme toujours, et le lendemain il était dans un cercueil. Comme il avait été un ami, tous ses amis vinrent aux funérailles. Comme il avait été un amant, tous ses amants vinrent. Comme il avait été un frère, toute sa famille vint. Celui qui restait seul demeura près du cercueil après le départ des autres. Et que fit-il ? Il pleura.

Celui qui venait de mourir passa dans l'autre monde. En y arrivant, il vit des joueurs de cartes.

– Prends un siège et viens jouer, lui dirent-ils.

Il prit un siège. Au bout d'un moment, les autres lui dirent :

– Tu sais, on t'a déjà oublié là d'où tu viens. Plus personne ne te pleure.

– Vous avez tort, répondit le mort. Tout le monde pleure encore.

– Non, ils t'ont oublié, répliquèrent-ils.

Sa curiosité le poussa à aller vérifier. Il s'assit dans son cercueil. Celui qui n'était pas mort était toujours là et pleurait. Il eut peur lorsque son ami mort se redressa. Il ne savait pas quoi faire et se sentait confus.

– Tu es mort, dit-il.

– Je suis revenu, répondit l'autre. Tu pleures encore. C'est bien. Mais, les autres ? Est-ce qu'ils pleurent encore ?

– Vérifions, dit le premier.

Il appela les autres :

– Il est revenu !

Tout le monde se précipita. Certains pleuraient encore, d'autres pas.

– Je suis revenu, dit celui qui était mort. Si vous aviez tous encore été en train de pleurer, je serais resté des années. Mais là, je ne pourrai rester que six semaines.

Amis, famille, amants, tous décidèrent de le fêter durant les six semaines qu'il passerait avec eux.

La fête dure encore. Ils vont lui apporter son plat favori. Ils vont lui offrir une chemise neuve. Et si jamais vous avez envie de lui dire combien ses cheveux sont beaux quand il sort de la douche, c'est le moment.

Ceci est une histoire vraie.

Table des matières

Achevé d'imprimer en août 1999
par l'imprimerie Policrom à Barcelone
pour le compte de

H&O
ÉDITIONS

20, rue Georges Clemenceau 34290 Montblanc
Tél. 04 67 69 10 30 - Fax 04 67 69 10 52
E.mail : heto@mnet.fr

Dépôt légal : septembre 1999